作家精选

必读的精品散文

策划

如霜的蓝月亮

于向阳◎著

蓝月亮，如霜的蓝月亮，只有你知道我为什么孤独地经常在海滩漫步，踏碎你洒下的清冷月光。我在等待，等待那清脆的笑声，灿烂的面容，纯洁的激情！

知识出版社

图书在版编目(CIP)数据

如霜的蓝月亮/于向阳著.—北京:知识出版社,
2011.9

ISBN 978-7-5015-6290-9

Ⅰ.①如… Ⅱ.①于… Ⅲ.①散文集—中国—当代
Ⅳ.①I267

中国版本图书馆 CIP 数据核字(2011)第 186372 号

策　　划　刘　嘉
策划编辑　马　强
责任编辑　张　磐
责任印制　李宝丰
封面设计　晴晨工作室

知识出版社出版发行
地　　址　北京市西城区阜成门北大街 17 号
邮政编码　100037
电　　话　010-88390732
网　　址　http://www.ecph.com.cn
印 刷 厂　三河市兴达印务有限公司
开　　本　1/16
印　　张　14
字　　数　180 千字
印　　次　2011 年 10 月第 1 版　2024 年 6 月第 3 次印刷

ISBN 978-7-5015-6090-9　定价:58.00 元

目　录

第二辑　浪花在倾诉

第三辑　海韵、山魂、传说

第四辑　瀚海、浅滩、随想、拾贝

目
录

如霜的蓝月亮

第一辑
情韵悠悠

榉林山的夜晚

我现在的家就住在榉林山，打开门，看到的就是山。在睡觉前，我经常地走到山前，感受山的魅力，山的精髓，也许山的灵魂会在这时候喷发。远处，松林呼啸，电视塔的探照灯闪烁，浩月当空，繁星点点。对于已是知天命之年的我，既喜欢阳光下的热烈，也喜爱月光下的静娴。每当夜深人静，世间热闹的喧嚣声渐渐褪去，每当所有的家人都沉沉地进入梦乡，窗外的灯光一盏盏次第熄灭的时候。我就会关上电脑，走到门外，这时，我似乎感到天地间已经沉入一种无边的混沌与静寂之中时，我的心思就会慢慢地润活起来，所有的迷朦与烦恼刹时也就一扫而光，精神前所未有的兴奋起来，所有的记忆与思念，所有的灵动与美丽，都会在静静的夜空里轻舞，在微风中荡漾！

走进树林，凉爽新鲜的空气扑面而来，山上静悄悄。我经常就这样沉迷于榉林山夜的静谧里，一点点地触摸着夜的幽美与轻盈。在悠远深邃的夜空里，悄悄地放飞绵延的思绪，静看淡月星辉，静听风之细语，静闻花之清香，静绽心之飘逸，漫漫地沉醉于这样一种韵味深长的沉寂里，一种细致的情感，一种遥远的牵念，亦从心底悄悄涌动，绵远而悠长。在这里，我可以回忆起好多往事，过去的每一个朋友都使我难忘，每一件往事都值得我感动，有时竟然被曾经的往事回忆感动得流泪。

就这样，悄悄地，我恋上榉林山的夜晚，恋上榉林山的夜晚的静，恋上榉林山夜晚静美的思绪，恋上榉林山夜晚飘逸的空灵，恋上榉林山夜晚空阔悠远的遐思，恋上榉林山夜晚自由奔波的灵魂。

久而久之，我在每天夜晚，如果不去榉林山走走，这晚上就会翻来覆去睡不着觉。我感到，在静夜里，榉林山轻奏着一曲轻柔的音乐，欣赏到就能打开一种久违的心绪，细细地体会着，跟着音乐迷醉，让心思漫游，在音乐里感受着浅浅的温柔。

在榉林山的夜晚，有月亮的夜晚是迷人的夜晚，蓝色天空，圆圆的月亮倾泻银色光华，那是最吸引人神往的时刻。天气正值深秋，让身心轻触微凉，长袖随风而舞，一缕神思也已腾空而起，于昏黄的夜色里，穿过疏漏叶影，奔向茫茫夜色，奔向一望无际浩渺的星空，去探索神秘的月球和访问太阳系的神秘行星。也许，牛郎织女，吴刚和嫦娥在期待着我从榉林山的电视塔楼上飞起，开始对他们进行访问呢！

在漫步榉林山的夜晚，遇到清明，中秋，春节，我的心中就会又开始对亲人的思念，父亲，母亲和许多故去的长者，朋友的面容又会出现在面前，一阵轻柔的风起，便会引来一声轻轻的叹息，一滴细小的白霜，也会带来无数的惆怅，于静寂的黑夜里，涂沫一层淡淡的伤感。

在漫步榉林山的夜晚，享受着没人打扰、属于自己的夜，静静地梳理着各种情怀与思念，我思念起我插队时候的朋友，学生时代的朋友，也是我青春时代难以忘怀的许多朋友，那一件件往事，各种感慨与感悟，各种欢喜与悲伤，各种无以言说的感动与感怀，在夜的静语里，轻轻地，用一种细腻而隽永的情感在脑海形成文章；我构思了好多故事情节，准备写一本散文集，再出一本诗歌集。用我在漫步榉林山的灵感，把夜的苍凉与美丽，将静夜里的种种情怀，种种思绪，幻化成或深或浅、或平或仄的诗行；用夜的深沉与寂寞，将静夜里丰富的牵念、游离的思绪，涂抹成或浓或淡、或灵秀或沉稳的水墨风彩，写成抒情的文章，流诸笔端。

几十年来，我已经不知不觉地恋上榉林山夜的静；也许这也是我的宿命，不追求热烈，只是整日敲击键盘，面对荧屏，漫游网络世界，庸庸碌碌，荒废一生。

在很美的夜，很静的夜里，我在榉林山的夜晚用心底升起的那种宁静，那种真实的淡然，那种淡雅而细致的美丽，去追忆昔日的温馨，寻求一种安慰，月光下的快乐！

如霜的蓝月亮

4

潍河，我在月亮下面想您

　　蓝蓝的天，圆圆的月，茫茫的大海，白色的浪花都在讲述着我们的昨天，梦幻般的往事！

——题记

　　八月的夜晚，是秋高气爽的时刻。每当圆圆的月亮在湛蓝湛蓝的天空发出银色的光华，我总是愿意一个人爬上家门前的榉林山，享受一下小树林的宁寂，鸟虫的鸣叫，大自然的欢娱。总感到青春时代曾经有过的孤寂还在我身边，潍河还在静静地陪伴着我。回味青春时代的孤寂是一种享受，我的激情，我的理想，我的欢愉，我的歌唱都与我插队的小村村头的潍河相伴，潍河像我不期而遇的朋友，又像我孤独时候的忠实伙伴，无论在春夏秋冬，还是在月落星逝的阴雨天，她始终在那难忘的年代陪伴我，不弃不舍。直到我离开小村回到青岛。站在榉林山，遥望远处的大海，轻轻地问：潍河，您还好吗？在五月，两岸的麦浪翻滚，您是否还是金光灿烂，在天上飘着雨丝的夜晚，您是否还在轻唱着催眠曲把我送进梦乡。40年前，我刚出校门踏上了广阔天地，来到小小的西七村，就认识了您。我的理想，我的思念，我的期待，我的烦恼，都融入您的河水汇流，你的娇柔，你的歌唱，你的缠绵，都在陪伴我走过昨天的蹉跎岁月，陪伴我喜怒哀乐，我的思念。那青春的旋律从我的心底融进我的歌声在寂静的树林里飞扬，我经常在村头的小石桥上，贪婪地双手捧起银色月光，敷在我的脸上。顿时深切地感受到一种久别的安慰，像又一次感受到当年劳动一天的妈妈在昏暗的灯光下双手织着毛衣，给我们这些孩子们讲着故事，让我们慢慢地理解了人生，增添了以后克服困难的决心和毅力。潍河水啊！离开您的日子，我有过多少惆怅和烦恼无处诉说，只有默默地看着蓝天的月亮发呆。

　　潍河水啊！你还记得我的歌声吗？当我劳累困乏的时候，是你的歌声

第
一
辑

情
韵
悠
悠

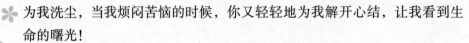

为我洗尘，当我烦闷苦恼的时候，你又轻轻地为我解开心结，让我看到生命的曙光！

潍河水啊！离开你将近 40 个春秋，我多少次要忘却昔日的艰辛和昨天的磨难，用快乐的面容，大海的真诚和真心去对待每一个朋友。就像当年潍河那样真诚地对我，明快，清澈。但是，你始终刻印在我的脑海，无法忘记和摆脱昨天的记忆，青春的激情！

潍河，我在月亮下面想您，想着我们昨天在您的沐浴下用青春谱写的故事，想着您在我孤独的时候对我真诚地诉说。想着您用浪花堆砌的平仄诗行。想着您还在我的第二故乡歌唱。

潍河水啊！我在思念着您，思念着您孕育的小麦，玉米，高粱，怀念着您孕育小村，老乡和房东老大娘。

青春虽然逝去，青春不会再来，但是明天的晚霞会更美好，天上的月亮会更圆，月光更柔和，洁美。我在期待着潍河的流水唱着我们昨天的歌来到大海——我的家乡！

我与月亮相约

月光下，我喜欢孤独地徘徊在沙滩，看月亮，听海浪，看月亮把海面映成银色，一排排海浪在月光下像盛开的花丛，向我欢笑，奔跑，在圆月中天的夜晚，在沙滩，独自看月亮也是一道优美的风景。无数的星星散步在天空，眼睛眨呀眨，像要和你说悄悄话。在这样美妙的夜晚，我期待着你的到来，今月迷人，心潮如海弥月华；去岁今时，曾对明月寄相思。

我遥望明月繁星，记忆深处的情结涌动，将近四十年流浪的感怀在荡漾着。弹起心爱的吉他，唱一首思念的歌，面对大海明月，用歌声呼唤着我的青春萌动。

千百年来，吴刚与嫦娥在月亮的广寒宫里居住，是否也感到孤独与冷落，也许，这种孤独也是难得的幸福，成为历代人们的追求和向往。宇宙空旷，月轮清冷，暮云收尽溢清寒，银汉无声转玉盘。有谁知道月亮容纳了多少的思念，装载了多少的细语绵绵。

面对大海，我经常不断地询问，哦，朋友，你还能来海边陪我看月亮吗？放下名利，放下争斗和私心。看到皎洁的月光，闪烁的星空，你的心情会开阔，也许会放下仇恨与烦恼，开始新的人生。

风轻轻地吹过，似乎是不忍打扰这美丽的月色，天空深邃，树影迷蒙，那一袭月光很清幽。我们相识在蓝色的月光下，从此，夜晚不那么漫长，从此月亮就是我们遥远的期待，只有那月圆时节的梦最甜蜜，只要那月圆时节的酒使人沉醉。

少年时代，我们学校就在太平路海边，涨潮时，浪花在教室的墙外翻卷，落潮时如果赶上我们放学，我们总是跑到海边赶海。月光下，寄生在海沙里的蛤蜊，小蟹子都是我们的战利品。回家时候，我们欣赏着在盆里吐沙，奔跑的战利品，连吃晚饭都得要妈妈再三催促！

"月亮在白莲花般的云朵里穿行，晚风吹来一阵阵快乐的歌声——"

我喜欢老同学你唱的这首歌曲，喜欢你的歌喉，你的歌声曼妙悠扬，

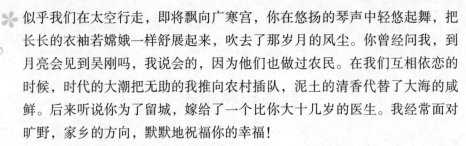

似乎我们在太空行走，即将飘向广寒宫，你在悠扬的琴声中轻悠起舞，把长长的衣袖若嫦娥一样舒展起来，吹去了那岁月的风尘。你曾经问我，到月亮会见到吴刚吗，我说会的，因为他们也做过农民。在我们互相依恋的时候，时代的大潮把无助的我推向农村插队，泥土的清香代替了大海的咸鲜。后来听说你为了留城，嫁给了一个比你大十几岁的医生。我经常面对旷野，家乡的方向，默默地祝福你的幸福！

我捧一把海浪花，轻轻敷在脸上，顿时感到清爽无比，再捧一把海浪，放进口中。咸涩难咽，生活就是海水，充满各种滋味。月光下，再次请清风作和，把月辉斟满，拎一壶月光下酒，饮尽这浓烈的离愁。唱一曲老歌，让海风带给你我的心声！

月光下，我依然孤独地徘徊在沙滩等你。是没有结果的执著。只有月亮，海浪，鱼儿，和我做伴的星星。三十多年过去了，占据我脑海的始终是你的清容，还有轻柔的海风！

我在月亮下的海滩上期待和你对话，幽蓝色的天空，星星的目光是最美丽的语言；圆圆的月亮是最好的衬托；也许，在梦中，我还会和你在一起，把我们的故事跃然荧屏，让大海朗诵我们的诗情！

风雨中的妈妈

连日下大雨，心情黯然，恰恰逢星期日在家，看着窗外的大雨回忆起妈妈在四十多年前暴风雨中的一天。

公元 1963 年夏天，那是一场突如其来的青岛历史上罕见的特大暴风雨。那场暴风雨已经过去四十多年了，可是，它至今仍然清晰地留在我的记忆之中。

我记得那天的雨，从早晨就开始下，下得天昏地暗。从来没有见过这么大的雨，那场雨就好像是天空中有一条河，突然裂开了一个口子，水是从天空中灌下来而不是落下来。我家门前贮水山上的洪水像一条巨龙冲了下来，雨下到中午，我们院子的下水道堵了。爸爸在远离市区的城阳上班，我和妈妈、弟弟们吃过早餐，我去上学了，妈妈也去上班了，只有我的两个小弟弟在家。在大雨中，雨水从天上倾泻，污水从下水道不断地冒出，院子很快满了，并且开始上涨。终于，突破了我们院子一楼各家门口的挡水土墙，冲进家里。我的两个小弟弟那时还没有上学，在家里吓得大哭起来，拼命地哭喊妈妈。

妈妈上班后在工厂里也与洪水展开了搏斗，她的工厂在青岛市地势最低洼的青海路。那里的地面低于大海的海平面。海水在雨水中倒灌进街道，原来堆积在街道旁边的原木向大海深处飘去。为了保护工厂，妈妈和同事们一起在厂门口拦起沙袋，把仓库的货物搬上二楼。直到工厂的安全没有问题了，她才筋疲力尽地回到家，但是，刚进院子的门洞她就听到了自己孩子的哭声，她像老虎一样跑到家中，家里的污水已经漫到一尺多高，眼看就要上床了。几个掏下水道的工人站在水中在大雨中忙活，看来忙乱中没有找到堵塞的管道口。听到孩子的哭声，妈妈忘记了疲劳，她急坏了，她看到，我们院子的墙外就是泰山支路的小巷，那里和我们院子的落差很大，她立即找了个锤子，钎子，在水中拼命砸起来，终于，一块砖头被妈妈打透了，污水从洞中流出去了，我们的家保住了，妈妈一屁股坐在泥水里。

我放学到家的时候，身上已经淋透了，院子中的下水道也通了。但是，天上的雨还在下，天空乌云滚滚，闪电与狂风伴随着惊雷震撼着大地和我们的心。"妈，妈，咱们家的房子漏了"，我看到我们的屋顶开始漏雨了。妈妈赶快找来了好多盆子，屋子里的雨水滴答声顿时成了交响乐。我和弟弟们一起帮妈妈倒水，妈妈又张罗着做饭给我们吃。

晚上，妈妈让我们先睡觉，她又开始为我们缝补衣服。望着灯下操劳的妈妈，我们弟兄们在妈妈的催促下安然入睡。

几十年过去了，妈妈虽然已经永远地离开了我们，可是妈妈的一切都镌刻在我的心灵之中了，尤其是那场狂风暴雨，那场雨，惊心动魄的抢险的一天，始终记在我的心中。

贮水山的月亮

太阳下山了，我还没有回家，独自攀登到贮水山的百级石阶上坐着，看远处的大海，看海边的码头，巨轮。看婉转在此起彼伏的高楼旁边的道路，川流不息的汽车。当贮水山被夜幕完全吞没的那一刹间，远处的高楼层次叠伏，灯光像五彩的星星，展现在我的面前，像一幅美丽的图画。

我们生长的城市好美丽，从小就为自己生长在海边青岛感到骄傲。住在贮水山下，每天能爬到山上看树，看花，看池塘。欣赏大自然的美景，享受山上的新鲜空气！

多少年过去了，只要回到童年的老屋，总要到山上转转，享受一下童年的气氛和美丽。

今天，贮水山的夜色静悄悄，蓝天的月亮，星星，山上高大的松树，白果树和我一起在欣赏城市的夜景，月亮挂在天空微笑，星星调皮地眨眼。银色的月光把贮水山点亮，把山下的荷花湾映的亮煌煌，把我们的前世今生都点亮！

月亮是我留恋贮水山的见证，最近接到通知，我从小生长的老家也将离开这里，因为市政府安排吉林路、泰山路拆迁。我们家正在拆迁范围，这里即将改建成青岛市的电子商业城区，我们的大杂院全部拆除，取而代之的是十几座高层大楼。也许，我们将很难搬回到这个从小长大的地方。

今天，夜色中的贮水山，只有月亮登场。月光只把贮水山映成黑白两色，黑的是松树林，白的是石头，石板铺成的台阶。山上矗立着青岛电视塔，通向山下的百级台阶下有一个大庙，这个大庙是日本人盖的，当初是他们为了祭奠侵略者的亡灵，新中国成立后是青岛市北民办中学的校舍，现在，大庙已经被拆掉，建起了市北区老干部活动中心。

今天，我在月光中沉思着贮水山的过去和未来，从小时候在山上捉蜻蜓、蟋蟀，到在山上唱歌、练拳，一直到带着孩子陪着父亲在山上散步。从响应号召插队去农村的第一次离开贮水山，到回到青岛父亲母亲的身旁，贮水山寄托了我们多少的情思和遐想。我曾经写了好多首关于贮水山的诗篇，至今在国内诗坛和网络传唱。

时光似箭，转眼间父亲和母亲都已经相继故去，升了天堂。看着银色的月亮，不禁想问一下嫦娥、吴刚，是否看到我们的父母前往月球造访。他们在天堂快乐吗？转眼间，我们也都成了年过半百的老者，尽管贮水山给我们带来了许多的回忆和快乐，但是，这里也有我们的许多痛苦与悲伤在徘徊。既然需要我们离开这贮水山，我们就高兴地面对，去换一个环境住下，或许在海边，或许在郊区。找一个有院子的地方，开垦一小块属于自己的田地，种上豆角、西红柿、萝卜、向日葵，过一下田园生活。

美丽的贮水山曾经给我们带来多少快乐，今天又使我多么惆怅。我走到滑冰场旁边的一家酒店，电话约了仍然在老屋居住的弟弟和院子里几个少年时代的伙伴，要了几个小菜，几个扎啤，喝个一醉方休。

月光下，我们漫步在樱花树丛中，弟弟和几个儿童时代的伙伴唱起了情歌。情歌在月光下飘荡，是松涛在伴奏。我知道，黎明前的黑暗，意味着太阳要重新升起。贮水山的月亮，又即将在我的梦想中熄灭，我的老家将去向远方，一个寄托我们情思的地方！

我们院里的大槐树

我们院子里有一棵大槐树，从我记事时候就有，现在树的根部直径也将近60厘米了，我对它印象最深的时候，是它年年开花的时候，六月，夏风习习，树上白花绿叶辉映，煞是好看，在我们小小的院落下到处都弥散着可人的清香。大清早，闻到这诱人的清香，那种沁人心脾的感觉，总会想起妈妈在世时候给我们做的槐花窝头、槐花包子，那时，妈妈去菜店买上一斤肥肉，放在槐花中，加上油盐、味精包起来，竟是那样的好吃。用干面粉蒸槐花也是一种特色。记得在"三年自然灾害"的时候，这棵大槐树用它的叶子和花朵为了我们院子的孩子们填饱肚子立下了汗马功劳。"白花芯黄甜四方，素裹淡妆清雅香，何须劳君勤浇灌，绿叶白花当口粮。"槐花的深沉、老练、不张扬的品格和奉献精神可见一斑。

记得"三年自然灾害"时期的一天，也是槐花开花的时候，我和弟弟趁院子里的街道主任不在家，爬到树上，折下好多开着花朵的枝条，然后把花摘下放进袋子里，正是袋子即将装满，我们要回家的时候，街道主任出现在我们面前，没收了我们辛苦采摘的槐花，还塔上一条袋子，回家让妈妈好一顿埋怨我们，爸爸饿得浮肿，弟弟妹妹又多，家中缺口粮啊！只得晚上趁街道主任睡觉的时候我们再上树采摘了一袋子，现在想起那时候的调皮和执著，又感到好笑。谁人能想到我们平安地度过"三年自然灾害"也有院中的那棵大槐树的功劳啊！

小院子的我们，享受槐树恩惠，造就百年相思。回忆那六月槐花飘香遍院，白花绿叶如浪潮涌。水般轻盈沾湿思絮，激荡继而泛起涟漪，在春风荡漾这柔绵的季节。我们和槐树相伴了一年又一年。

现在，爸爸，妈妈和当年的街道主任早已经故去，只留下这棵大槐树和百年老屋作为当年故事的历史见证！

记得每年夏天，老槐树如同撑开的一张大伞，遮住了火热，让缕缕阳光在绿叶缝隙之间，金光闪闪随花影摇曳。我们在槐树下摆开了扑克，开始了打升级的游戏。

月亮升起的时候，月色影射槐花，润白银净晶莹剔透，弱弱的娇姿碎碎的叹息，此情可待，槐花簇簇茂密枝叶间，铅华熏染一抹风姿，柔柔的憔悴与忧郁，仿如旧梦微黄惟独留香。这时，我们在树下围坐着院子里的老人，听他们讲故事，人生的聊斋！

树会老，花不会老，纵使天荒，仿如隔世的香气，于是梦中的温馨延续至深秋。现在，院子里的孩子都已经成为社会的栋梁，搬出了小院，我也在1978年就结婚离开了这里，但是我家的老屋还在，亲人还在，有时间还要回到这里，看看童年生长的地方，看看亲人，看看我们小院的老槐树。

今年，我们的小院已经列为市北区重点改造拆迁区域，面对老槐树的未来，心中总感到有许多遗憾。脑海里萦绕的花香再次沁人心肺，淡雅，香甜，于记忆中停驻，也许这就是我们的老朋友——槐树的一生。

槐树也有生命，或许，它正在为小院人民默默做出的奉献而骄傲呢！

妈妈的玫瑰

爸爸走了，妈妈走了，我们的小院还在，我们的老屋还在，院子里的玫瑰是妈妈栽下的，她守着阳光，守着风雨。看到盛开的玫瑰，就想起了妈妈。

——题记

童年的记忆中，我家住的院子就栽满了鲜花，五月里最是院子里鲜花烂漫的季节，那时玫瑰盛开，家家户户的大娘、阿姨都喜欢花，她们利用院子里的每一处空地种上红色的玫瑰，白色的芍药，黄色的月季，刚到五月，各种玫瑰、月季开放，灼灼其华，尤其在晨间，看几滴露珠流转于玫瑰花瓣，一派妩媚娇软之态，宛若贵妃醉酒；引得不少外院的人来我们小院看花，妈妈和阿姨总是热情地招呼人家，大家欣赏花的同时，还不忘问妈妈，你就喜欢花，怎么养那么多儿子啊？妈妈便笑，笑得比花还灿烂；鲜花给我们家带来了快乐！

昨夜的梦里，我又回到了老屋，依稀见到院子里的槐树、花墙的摇曳和在花从中坐着马扎子拉二胡的父亲。惊醒时腮边泪犹未凉。爸爸妈妈啊，虽然你们已经去了天堂，你们的儿女依然在思念你们，你们在天堂都好吗？在这静静的夜里，你们是否也在思念，是否在静静地等待着熟悉的脚步声？祝福着儿女们幸福快乐呢！追溯起栽花，我们小院从50年代就开始了，记得那时父亲在城阳的一个国营工厂上班，他和当地的农民关系很好，每到秋天，经常带回好多花种、菜种，带回后由妈妈挨家挨户分给大家，院子里的阿姨都喜欢花，在墙边，在花盆，到处都撒下花种。那时候，妈妈的热情和勤奋感动了小院的三十多户人家。

"文革"开始了，"红卫兵"到小院拔"毒草"，把妈妈和阿姨辛勤种下的玫瑰和鲜花都连根铲除。小院冷落了，只有墙边的老槐树陪伴我们大家早上和晚上集合在一起敬祝领袖万寿无疆，唱《东方红》。直到我们兄弟姐妹都插队去了农村。后来"文革"结束，我们兄弟姐妹又返回城里。妈妈又种上了玫瑰！转眼间三十多年过去了，小院的一砖一瓦，一草一木，月上西墙，花开花落，哪一声，哪一影不关情呢，不让我们思念亲人呢？

记得妈妈对我们说：鲜花中她最喜欢玫瑰，它泼辣，耐看，香气宜人，还能装饰我们那破旧的老屋，给人带来鲜活的生命力！因此每当玫瑰盛开的时候，她总是剪下长得过密的花朵，用花瓶插起来，放在室内的柜子上。尤其在我们插队从农村返回的那一年，她种的玫瑰开遍了全院。院落的小墙爬满玫瑰，煤池子上摆满玫瑰，花开得高高低低，一丛丛的好美丽啊！大家都喜欢花，但是他们怎能读懂，那是妈妈在为我们孩子返回城里而高兴啊！记得那时刚回到城里，回家喊一声："妈妈，我回来了！"妈妈的泪水涌出眼眶，思念与寒冷迅速融化；我望见妈妈的泪眼，我也流下了泪水，快乐的泪水！孩子们都长大了，结婚搬出了小院，妈妈也衰老了，但是每到五月，小院的玫瑰还在盛开，是妈妈的勤奋，她把期望寄托在开放的玫瑰，盼望着孩子们的事业像玫瑰一样美丽发达！

在妈妈即将离开我们的日子，她深情地说：如果我悄悄离去，就把我的骨灰和玫瑰花瓣一起撒向大海，我会在鲜花中微笑。这可怕的一天终于来了，妈妈离开了我们。那一天，我捧着妈妈的灵骨，把她小心翼翼地摆放在殡仪馆外的花坛中，开放的鲜花映着妈妈照片上的笑脸，我好像听见妈妈在唱歌！

五月，玫瑰开放的季节又要来了，我们的小院就要拆迁了，院子的玫瑰已经长起来，快要开花了。我用花盆移栽出几棵，准备带回我的新居，让五月的玫瑰在我的新居开放。

今夜，月色如银

　　月光下，我在海边沙滩上想你，思绪随着大海的浪花在伸展，你目前在做什么，你是否也回到了青岛在海边，还是在贮水山的小松林里？也许现在你已经入睡，但我相信：如果你走进甜美的梦乡，也会看到我在海边的身影和听到我对着大海在呼唤你。

　　几十年来，我喜欢孤独，喜欢一个人孤独地坐着静静地想，静静地看着大海在心底呼唤着你。我知道，漆黑的夜无法将我的心声传得很远，只能传到您的梦里。

　　孤独有时也是一种凄美，凄美的思恋使我回忆起三十多年的往事，一把六弦琴，琴音激起的白色浪花在月光下像献给你的千姿百态的礼花。悠扬的歌声至今还环绕在耳畔。是 1968 年冬，还是少年的我就离开了海边，离开了你。知青插队的日子，在山村的田野里也这么静静地想过你。寒风横扫黑色的土地，身披军大衣在村头砖窑顶上唱起那首老歌，我的心里春意盎然。秋天，在丰收的月夜。就因为想起了你，整个夜晚变得美丽而忧郁。我想你，想茅草屋内有你伴我一起守候那盏煤油灯，煮一锅香甜的地瓜，还有嫩嫩的玉米。我曾经渴望你的到来，哪怕是一天，一刻，一起享受那秋天的劳动果实！

　　我始终记住和你在一起看海的日子，在你离开的日日夜夜里喜欢静静想你，在回到青岛后，一个学徒工怎能奢望拥有你，只有经常到海边回忆过去的日月的幸福和甜蜜。面对大海，我默念着你的名字，恨着呆头呆脑的自己，如果时光可以倒转，我还会争取拥有那时的你。

　　樱花树下还留着我们的脚印，树下的泥土有你埋下的花瓣和泪水。花开花落，芳踪何处觅。海水浴场，还存着你的身影，你的气息。但是你现在在哪里？我愿变成一只海燕，飞越万水千山寻找你，寻找到你的身边，悄悄地和你叙说浮山下的麦地，棘洪滩的秋种，钟明瓦亮的铁犁！三十年来孤独的心始终在寻找快乐的港湾，没有你我懂得了寂寞，像夜空中沉默

17

的那轮明月。现在，我习惯了坐在海边沙滩上，静静地想你。

　　几个小蟹子从礁石爬来，调皮地爬上我的脚背，我这才发现，涨潮了，海水欢笑着和礁石嬉戏，我没有害怕，我知道，大海是我们的归宿，在那里，有美丽的梦。也许我在那里会遇见你。海风告诉我：在海边孤独地静静地想一个人，其实也是一种满足，一种幸福、也是一片新天地！

　　佛说：前世的五百次回眸，才换来今生的擦肩而过。我会用万次回眸换取与你的再次相遇，也许，这也是一种奢望，一个梦！

　　月光下，大海闪耀着粼光，浪花还在飞扬，我听到了你的歌，还是三十年前那一首。把我的烦恼带进海水，我随着大海的旋律，又弹起六弦琴，让淡淡的夜曲如流苏般弥漫，送到你的梦中。

　　今夜，月色如银，我在青岛的海边想您！

我童年时代的快乐

六一儿童节快要到了，看到孩子们穿着崭新的衣服欢天喜地在阳光下游戏，唱歌。不由得想：我童年时代的快乐是什么？

我的童年时代是怎样呢？那个时代没有计划生育，由于父母养育我们7个兄弟姐妹，挤住在不到16平方米的一间平房，生活很清苦，我们的穿衣吃饭是父母的主要负担。那个时代是计划经济年代，买布要布票，买粮要粮票，买油要油票。我们的衣服先由老大穿，穿小了然后给老二，最后像递接力棒一样传到老小穿的时候，已经是补丁加补丁了。不过那个时代提倡穿补丁衣服。

只有在春节就要到的时候，妈妈去商店用布票去扯上一大块华达呢布（因为华达呢布结实），给我们兄弟分别做上一套新衣服，当我们穿着华达呢布做的新衣服走在大街上向同伴们走去的时候，我们感到了快乐！爬山，捉蟋蟀，斗拐，我们的新华达呢布的衣服很快就破了大洞，因为我们穿衣服的磨损率太高了。

那我的童年时代快乐吗？我可以肯定地说"快乐"！我说的快乐还指每个星期天都改善生活，吃饱肚子是非常快乐的事！

我的爸爸和妈妈都休息星期天，这一天，他们的第一件事情是准备蒸玉米面窝窝头，菜团子，晚上还要包一顿饺子。因此，当星期日天刚亮，妈妈就把我从被窝里喊起来，让我到菜店去排队买猪脖子肉和猪小肉，那时的猪脖子肉最便宜，猪肉8角1斤，猪脖子肉也就是5角1斤，猪小肉是肉联厂加工落下的碎肉，价格更低大约是4角。由于便宜，所以早上天不亮就有人到菜店门口排队了。那时候如果认识菜店的割肉师傅是很幸运的，因为你可以买到肥肉。所以当排队排到我的时候，我总是可怜巴巴地恳求割肉师傅来点肥的！

星期天我父亲的本家兄弟和婶婶必来，他们一家生活也很困难，婶婶和妈妈一起忙活包饺子，讲述着许许多多的老家的故事和传说，我和弟弟们特别喜欢听，总是在妈妈讲述过后催她再讲，这时，婶婶又接着讲述。当时的情景，至今难忘！

"三年自然灾害"时间我们就更惨了，没有副食品，口粮不够吃，因此天天吃野菜，那时，能吃顿饱饭也是我们的快乐！

我的童年最快乐的时候是暑假，因为我的家门口就是青岛市著名的贮水山公园，那里有一个红瓦红墙的大庙，里面有许多神像。据说那是日本人神，后来在"文革"中被红卫兵拆除了，庙的前面有一百零八蹬石阶，直通山上。我们每天都来一百零八蹬石阶快速奔跑，然后再翻到后山，捉蜻蜓，捉蟋蟀，藏猫猫。到山顶的碉堡里玩打游击的游戏，在"三年自然灾害"期间由于饥饿，还经常在山上采摘槐花、槐树叶子、山野菜回来做菜团子吃。槐花甜甜的，很好吃。可惜园林处看山的大爷老是干涉我们的采摘，还没收我们的竹竿，袋子等工具。

由于经常给家长买菜，有时候剩下一分、二分钱家长就没有收回，这时候就喜欢溜到离家不远的胜利电影院门前，那里有许多摆连环画的书摊，找个小板凳，坐着看小书。记得我有两个同学他家开书摊，我花一分钱能看好多本呢！书中的人物和情节深深吸引了我，有时候耽搁了回家吃饭，也许，这也是我后来爱好文学的一个重要原因吧！

不过，想想，那时最大的快乐是什么？真是不记得了。

或许，这就是我对童年快乐的全部记忆了。

或许这些也正是我童年的最大快乐，平淡才是纯真，像一棵小草，无声无息地生长，像一棵小树。像田野里的苦菜花，拒绝一切或善意或恶意的干扰与关注，静静地开放！直到我从学校毕业、插队农村的时候，我才感悟到：农村的夜晚，月亮和星光能给我带来快乐，广阔的天地歌唱和收获也能给我带来快乐！

现在我已经是满头白发，想想我们的童年的快乐和现在的快乐，深感到：知足就是快乐！

青岛的春天

青岛的三月是春天，举目蓝天碧海，昂首青山绿水，全城十大山头公园桃花开放，红瓦掩绿树羞中带笑，春天在向您招手，我们刚度过严冬的心情宛如溪间流水，清晰流畅。似蓝天行云，豪气贯长空。逢周日，走出室外，沐浴初春的阳光，潇洒登山，欣赏那一片片新绿，夹着即将逝去的冬日冰凉，去造访那阵阵春情。春天的小草，刚抽芽的嫩枝条，潺潺的流水，早开的报春花，梅花，在阔野中显得分外妩媚，我很欣赏"野火烧不尽，春风吹又生"的诗句，北方的冬天，满山遍野，小草枯黄，树叶落尽，只有青松在山上傲立。但是春风一吹，小草又从地中生，在小雨中，此时的春草，如蜗牛在爬高，一个晚上，蹭蹭蹭，长了好几寸。将到四月，春更热闹，万木争宠，百花争艳。一觉醒来，百花盛开，桃花如二八之女，似初放小鱼，朵朵鲜艳艳，个个乱跳跳，在阳光下尽显妖艳，在雨水中流露鲜嫩，又是一夜春风来，千树梨花朵朵开，似白雪仙女，洁白无瑕，争艳天下。山中的苦菜花不知何时也悄悄地开了，零星几朵，在杂树之中，不太显眼，转过几日，但看漫山黄花片片，望而无边，如星星在蓝天眨眼。樱花开了，那娇滴滴秀美的身影，宛如少女造春，把中山公园和青岛的十大山头公园装扮的华贵秀丽，把四面八方的游人都吸引到园内踏春，花有花神，花有花魂。从古至今，在这个季节，又有多少才子吟诗作画，踏青赏花。又有多少同学少年为花痴迷，为爱陶醉，为情倾倒，为思念落泪。记得在我国名著《红楼梦》中读过花痴贾宝玉、林黛玉的"葬花吟"，花开，一段心情，花落，又是一段心情。青岛海滨的春天，又是一道风景，大海波蓝，白色浪花翻卷，击打岩礁，退潮时，绿色海菜遍布海滩，小鱼小虾小蟹子在海滩的水湾中嬉戏，这时，前来赶海的人们穿高腰水靴，在海沙里挖蛤蜊，捉小蟹，还有许多人在拣拾被浪花冲上海滩的海菜。据说：海菜炒鸡蛋、做汤都特别好吃，尤其是加干面粉蒸熟吃效果更佳。记得在 2008 年迎接奥运会时候大风把许多浒苔吹到青岛海面，那时，恐怕没有人去挑战世俗，大吃浒苔。倒是许多商家发现商机，利用浒苔，大力生产饲料，提取高蛋白，也利用大海的恩惠博取了一次效益。青岛的春天还是海产品上市最丰富的季节，小港的码头鱼市，每天船来人往，这时，鲅鱼开始上市了，许多家有老人的儿女到市场不惜高价抢先购买鲜美的鲅鱼送给老人尝鲜。这季节的鲅鱼肉香柔嫩，细腻鲜美无比，全家人围坐一起，买来鲅鱼红烧，清炖，再加上青岛啤酒，那真是天堂送来的美食。青岛的崂山是岛城的骄傲，它巍峨的矗立在青岛的东方，有万里崂山之称。是祖国的旅游胜地之一，南线上清宫，下清宫，东线华严寺，北线华楼山，北九水，都在春天现出勃勃生机，开始了一年最繁忙的旅游季节！崂山茶是青岛的特产之一，由于崂山水甘甜并且含有多种元素，加上崂山多雾多雨，气候偏寒，为此崂山茶味道格外厚重，是茶叶中的珍品。畅饮崂山茶，长寿走天涯。正是叙写崂山茶叶的好处所在！春天，是崂山茶叶发芽采集的最好时刻，头带白纱的采茶姑娘在山坡的绿树中唱歌采茶，也是崂山的特有风光。青岛春天最亮丽的风景线是海边与行走在大街上姑娘和她们的衣衫，在阳春三月，姑娘们扔下了厚厚的羽绒服，穿上了夏天才可以看到的亮丽服装，在微寒中显得格外娇艳，尤其是青岛姑娘的热情、好客使许多外地朋友流连忘返！青岛的春天，妖娆，青岛的春光，美妙！

崂山的云

青岛三面临大海，所以，青岛的天空格外蓝，白云格外美，我感到，去青岛崂山看云是很美妙的旅行。

万里崂山，晴朗的天空，白云在前面跑，远山的各个山头都有白云环绕，看那白色的云儿丝丝缕缕，衣袂飘飘，自在潇洒。没有目标，没有方向，没有思想，没有记忆，行姿在瞬间变换，面孔在瞬间消失，它是浮萍和杨花的影子，风和水蒸气是幕后最终的导演，美轮美奂的从来不是本心。登上崂山，走近白云，但见白云竟然从脚下飘过，浩浩荡荡，如白色巨龙游走过山涧高坡。这时，您会感到飘飘欲飞，真正有做神仙的感觉。

记得在1975年，我参加了当时青岛市宣传部让青岛文联举办的一个文学创作班，在崂山大崂观（当时已经被崂山铁厂占用）住了2个月，爬山顶观云飞那是经常的一课。使我对白云的内涵有了比较深刻的了解。

在一个雨后的天气，崂山的白云格外美，造型万千，列队前行，阳光升起来了，天空出现了一种五彩缤纷的云，云在飞行，宛如仙宫王母娘娘的七仙女在飘然起舞。一会儿就消失了变成了白色，在阳光的照射下，山头的白云轻轻缭绕，好像仙乐已经奏响，天宫在召开盛大的舞会。这时候，我想起了我国的文学大师郭沫若先生写下的"天上的街市"。

如果在阴雨天，我们就经常处在白云之中生活、学习，那时，空气中的水分很重，我们的衣服是潮湿的，被褥也是潮湿的。我们在这时也盼望晴天的到来。

"总为浮云能蔽日"的千古之忧不是杞人之说。"云开雾散红日升。"却是那个红色"文革"时期的名言。日是永恒的，云是轻浮的，浮云一旦站在太阳的面前，那太阳光会无情地撕破云的衣衫，而这经常会出现的平凡一幕，却是崂山日出最为壮观的景象。

我国的著名作家，《渔岛怒潮》的作者姜树茂老师当时担任青岛市的文联主席，他的朴实，慈祥，平易近人的作风永远是我们的榜样，楷模，

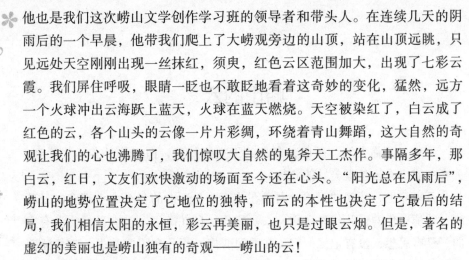

他也是我们这次崂山文学创作学习班的领导者和带头人。在连续几天的阴雨后的一个早晨，他带我们爬上了大崂观旁边的山顶，站在山顶远眺，只见远处天空刚刚出现一丝抹红，须臾，红色云区范围加大，出现了七彩云霞。我们屏住呼吸，眼睛一眨也不敢眨地看着这奇妙的变化，猛然，远方一个火球冲出云海跃上蓝天，火球在蓝天燃烧。天空被染红了，白云成了红色的云，各个山头的云像一片片彩绸，环绕着青山舞蹈，这大自然的奇观让我们的心也沸腾了，我们惊叹大自然的鬼斧天工杰作。事隔多年，那白云，红日，文友们欢快激动的场面至今还在心头。"阳光总在风雨后"，崂山的地势位置决定了它地位的独特，而云的本性也决定了它最后的结局，我们相信太阳的永恒，彩云再美丽，也只是过眼云烟。但是，著名的虚幻的美丽也是崂山独有的奇观——崂山的云！

我们只是世间的一粒尘埃，一滴甘露，沧海一粟。时过境迁，听说当年我们举办学习班的一起去观云的姜树茂老师，刘辉考老师，付老师，朱老师都已经相继离开了人世，还有许多参加学习班的朋友有的已经退休，有的已经弃笔从政。现在很难听到他们的消息了。

但是，当年在崂山文学创作班的情景，山顶看彩云，观日出的场面却永远刻在我的脑海！

冬日的心情

　　窗外，北风肆意地刮着，雪花飞舞，温度骤然降至零下11摄氏度，达到青岛市历史的最低点，大街，山头，公园都已经是银装素裹。室内尽管通上了暖气，但是由于建设单位设计的不足，屋里温度还是冷冷的，达不到规定的16摄氏度。由于没有心情外出，只有披着大衣坐到电脑前，看看网站网友们的精彩帖子，抒写着自己的心情，有一种既想让文字飞舞，又想写一篇回忆文章的感觉。

　　面对荧屏，手指轻轻地在键盘上敲打着，让我的回忆展开想象，让心情得以释放，让文字在键盘流淌。嘈杂的心情在这一刻突然变得平静，窗外的风雪和寒冷似乎都与我无关。看着一行一行的文字脑海里展现童年的嬉戏，历史的庄重，父母的慈爱，无数往事在眼前跳跃，这时我感到，所有的寒冷都被驱逐，飞翔，飞翔，我的文字徜徉在属于自己的世界里，寻找那一份真情与欢乐。

　　我喜欢诗歌，喜欢散文，喜欢用文字抒情，我很怀念在农村的油灯下，用诗歌写日记的日子，还有那回城后的70年代和文友一起在街头办诗画廊投稿的氛围。如今，当年一起写诗歌的朋友已经很难见面了，有的人年纪轻轻的就去了另一个世界，现在经常来往的只有纪宇先生、吕铭康老师、侯修圃和徐学清等老师了。孤独是一种凄美，我喜欢在没有人打扰的静静的夜，伴随着自己的呼吸和心跳，展开想象，寻找感觉，这种感觉很美好！也许，将伴随我终生。

　　我是一个曾经的老知青，种过田，教过书。自从儿子在2002年离开青岛去北京求学、创业，我感悟的好多人生哲理就没有办法天天对他讲，通电话也就是吃饭，睡觉，穿衣等嘱咐。现在，我们哪个年代的人大家都是一样，只有一个独生子女，孩子不在身边就像少许多许多，也经常感到空虚和孤独，上班的时候是熙熙攘攘的人流，挤车，计算，报表。业余时间就是网络、聚会。然后只有在晚上才能孤独的在电脑前寻找那一丝温暖的曙光。

夜幕降临，我喜欢散步到门前不远的小公园，那里有绿地，有锻炼身体的器材，还有许多散步、遛狗的老年人。远处，霓虹灯次第闪亮，给美丽的岛城增添了几分迷彩，这份美丽的色彩从来都与我无关，没有去夜总会、歌舞厅的欲望，因为我还要为温饱而从事最基本的劳动。

门铃响了，进来的是平安保险公司推销保险的业务员，一个打扮入时的年轻姑娘，她借口年底来走访老客户，敲开了我的门，她说："新的险种又开始办理了，买保险比储蓄好！"姑娘讲述的道理很多，简直是让您非买不可。但是，我们老两口都在破产企业工作，退休后那几百元的薪水除去生活、交纳各种费用和已经购买的保险费，已经没有能力再购买任何产品了，但是看到那姑娘热情的脸，看到外面风雪飞舞，不忍伤害她的激情，只是默默地，认真地倾听。

姑娘临离开时候说："叔叔，近几天，温度继续下降，雪还要下，一定不要出门，防止摔倒！"

听到这几句话，我彻底被感动了，虽然儿子没有在家，这些孩子不也是像自己的孩子一样在生活中拼搏吗！

还是回到电脑前，去敲击我的键盘，抒发我的感情吧！

大海的回忆

潮起、潮落，大海依旧在歌唱着，礁石还在木然的经受着浪花的拍打，沙滩上仍然散落着金色的、银色的、白色的贝壳，我喜欢在海边、喜欢在海边散步，也喜欢在海边回忆。许多往事我来不及回忆。它已经像浪花一样消逝，因此，在那回忆刚刚成型，浪花浮现在脑海之际，就赶快走到荧屏前，敲击键盘，把它变成文字。渐渐地，我的文字就覆盖了我走过的路，覆盖了我的人生。猛回首，发已白，身也衰。只有我忧伤的脸上挤满勉强的笑，每天经过人流拥挤的十字街，木然望着车来车往的快速路。我的昨天，我的那些青春，还在发出情不自禁的呻吟，青春已经属于永远消失的过去，只有大海、浪花、沙滩、礁石在寂寞的风中记录着我的这一切。

谁知道我的失落是一种什么样的滋味，只有大海知道，我的童年、我的青春遇到的失落是司空见惯的，艰难困苦始终缠绕着我青春的每一天，我的童年、在我们的国家遭受"三年自然灾害"的日子里，一顿饱饭也成了奢望，我记得父亲拖着浮肿的腿每天去60里路外的城阳耐火材料厂上班，晚上带回好多野菜。奶奶病了，躺在床上直喊饿，没有钱去医院住院，只是我的一个本家二爷爷（他开了个私人诊所）每天给她针灸。妈妈每天洗地瓜叶加上点玉米面做菜团子，那时我们一家8口人吃饭，仅菜团子每天也要一大锅，面黄肌瘦的我穿着补丁摞补丁的衣服忍着饥饿的肚子总是躲在学校操场的一角，看着别的同学花枝招展的舞蹈雀跃，而自己则孤零零地唱着自己编的歌曲，很失落的童年。

在中学时代的"文化大革命"中，父亲是知识分子"臭老九"，属于被教育改造的对象，虽然自己也带上一个红色"红卫兵"袖章，但是，我的大部分时间都在山上、海边和篮球场，1968年毛主席他老人家发出知识青年到农村去的号召，轰轰烈烈的上山下乡运动一开始，就报名下乡，去农村插队接受贫下中农的再教育了。没有造反经历，更没有夺权和当官的机遇和欲望，许多心里话只有在海边对着浪花诉说，漫漫沙滩上，只有失落和孤独陪伴着我。

农村插队，我经历了人生道路最艰苦的考验。我拼命劳动，拉车，推粪，积肥，抬圈和在酷暑下割麦子。农村的最艰苦的工作都有我的身影，竟然在我们的知青组成为唯一全年收入最高的知青。那时候每年能收入100元真是天文数字，可是我却在插队的连续几年中收入超过100元，村里有的老贫农竟然在年底时候向我伸手讨借："孩子病了，暂时借2个月"，只是这几句话，我劳动几年的所得竟然连借条都没有要就借给了老乡，至今杳无音信。所以，我在回青岛探家的时候和许多知青一样，两手空空，失落加无奈。

其实有很多老知青与我拥有同样的经历。在那失落的好多个春夏秋冬，我们没有爱情，只有激情和茫然。没有谁会知道属于我们青春的一段疼痛，像月光晃过摇曳的树影。街头深夜孤零零的路灯，我们的命运像影子在灯光下摇曳，像小船在波浪中飘摇。

那个夏天的傍晚，我孤独地在海水浴场值班，弹着吉他，曾经有一个她从浪花中走来，伴着音乐轻唱，而后翩然起舞。仅仅是几个瞬间，就消失的无影无踪。我把自己关在海水浴场更衣室的办公室里，拼命地写了好多文稿，这些文稿现在它还清晰地站在我书橱的一个角落。那年夏天，我写得好多作品都没有发表，只是留下了一段段感情的回忆！

我的好多好多回忆，一些忧伤、疼痛和美好都是完好无损的。它似乎沉默多年，等待一只手轻轻擦拭，好像浪花打在礁石上，无数滴水珠从礁石上滑落、滑落。我们的心在沸腾，彼此微笑而荡漾着萌动。

我们在人生的故事中都是匆匆的永恒的过客，我在海边轻轻地弹奏着吉他的六弦。那些老歌，现在我已经开始忘记，迷失在记忆的奔跑中。我的歌声随着记忆的河流一直在流淌，所以我看到大海就像看到我的昨天，村头的小河，石桥，乡亲，关切的话语，人世间的真实和温暖。

面对大海，我经常怀念着一些多年未见的朋友，有些人已经逝去，而更多的人还在世界的某个角落，为生活奔波。往事已遥远，一年又一年，转眼间、我们已经是老年人了。

人生是杯苦丁茶，苦涩而回味无穷。往事的一些影像在海浪的冲击下变得熠熠生辉。

我在生活、工作的同时还小心翼翼地守护着许多秘密和许多故事。我知道人的生命是有限的，这些故事只能与生命共存，但是在现实中的灯火辉煌，在虚伪繁华的世界表层，我只有在适当的时候才能用文字发表，流传那些悲剧，荒诞，神奇和青春的故事！

　　夏天的风缓慢地向大海吹着。也许是家在海边的原因，在清晨、中午、傍晚时光，我经常一个人去海边看海，看浪花，来打发漫长的人生。远处的海在平静里波光点点，鱼船白帆片片，红日从大海升起，回落，小青岛的灯塔光芒闪现。

　　十月一日就要到了，今年的国庆节是建国 60 周年大庆，也就是我的 60 岁生日，漫漫人生路，事事无所为。这也是我的人生的真实写照。

　　荧屏前敲击键盘，把我的步履，大海的回忆写成文字，然后再把这些文稿撒向大海，向海浪问讯，没有沉默，没有嘲笑，只有浪涛那浑厚的歌声，笑声和我写作故事的下卷构思，一个美丽的梦。

雪花为谁而落

我们经历过蹉跎岁月的人，冬天的记忆很多。不用说儿时的在山坡、马路滑雪，在雪地里堆雪人，嬉闹，打雪仗。知青插队期间在冻得裂纹的白茫茫的田野里积肥，大战三九天，在漫天的飞雪中仰望天空，远眺家乡。与感情有关的和逝去的亲人的那些往事，都把冬天冰冷与雪舞的痕迹牢牢地留在心底。

寒冷的冬天，喜欢白色的雪花飘舞，但是飘舞的飞雪留给我的却多是伤感，记得在1969年春节前我在昌潍地区插队时候的那场大雪，半个多月来，天老是阴沉沉灰蒙蒙的，满天飞舞着的雪，如同天空降下细小的棉絮，北风吹来，鹅毛般的雪花狂奔乱舞洒落在地面厚厚的，搅得我揉乱的思绪烦躁不安，褐色的乌云，寒冷的天气令人感到很压抑。看大地白茫茫的一片洁白，已经没有道路，我踩着能没脚的白雪到村头看了，沟没有了，麦田和垄沟也分不出来了，远处连公路都找不到，积雪掩盖了大地的一切，整个去潍坊的交通完全中断，狂烈的北风呼啸着，吹着我的身子不由自主紧缩起来，寒冷的雪花扑在脸上有点儿疼痛难忍，我侧过身体用军棉大衣的长毛绒领子来阻挡一阵阵惨烈的寒风。心想：春节回家过年是不可能了，今年和贫下中农一起过春节吧。那时，我代表全知青组向全昌潍地区的知青发出了和贫下中农一起过春节的倡议书。当倡议书被公社广播站播出后，在知青当中反映很强烈，全县，全地区许许多多的知青组都表示决心和贫下中农一起过春节。但那时的农村生活是相当艰苦的，在大年夜，许多老乡家没有肉吃，有的家庭连顿饺子都吃不上。初一，初二，我们踏着厚厚的积雪挨家挨户访贫问苦，看到许多老乡家灶里的地瓜干和黑窝窝头，不由的流下泪水。我们知青组也就是吃了一顿水饺，用大队领导

如霜的蓝月亮

送来的肉炒了一次菜，就没有白面和肉了，老乡给的萝卜咸菜成了我们过年期间的佳肴，幸亏正月初三风雪停了，大队派马车把我们送上了回青岛的火车，见到了翘首盼望儿子归来的爸爸妈妈，度过1969年难忘的春节。

光阴如梭，回城后就工终日为温饱而拼搏，也没有时间岁岁欣赏那漫天的飞雪，只是记得1993年的冬季格外冷，爸爸从春节前就开始在医院住院，他的心脏病犯了，半边身子瘫痪，连翻身都困难，我们兄弟姐妹轮班冒着风雪去医院照料爸爸，看到爸爸痛苦的样子，不由的想起了我们童年时代爸爸的摸样：当年爸爸是企业的文艺骨干，他会好多种乐器，尤其他的二胡拉得很好，夏天，每天晚上都在我们的小院里拉二胡。我们院里还有一个书法家高小岩老师也是特别喜欢文艺，尤其喜欢唱京剧，拉京胡，他们是好邻居，好朋友，他们的歌声和乐器声凭空给小院带来许多的欢乐。我们全家经常在周末去爸爸单位的礼堂看他们的演出。但是就在1966年那场"文化革命"开始后，爸爸就被打成了"臭老九"，成了挨整的对象，他由科室被下放安排到企业从事体力劳动。那一天是周日，从早晨天上就开始飘落雪花，我们孩子们都没有去学校，只有爸爸上班，妈妈说："你们孩子们都去热河路路口看看，你爸爸他们拉的车要爬热河路大坡，帮你爸爸推推车。"果然，爸爸和他公司的两个接受改造的老干部分别拉着地排车过来了，热河路很陡，雪地很滑，尤其是雪地里拉车，那更是一步一滑。我们孩子们来推车让爸爸和他单位的两个叔叔非常高兴，在我们的奋力帮助下，3辆满载的地排车爬上了热河路陡坡，在寒冷的飘雪中，爸爸笑了，叔叔们笑了，他们是苦涩的笑，这时，我却听到了北风在哭，在呜咽。那个年代，妈妈忧愁的面容和泪水相伴，直到1969年我插队以后，国家落实干部政策，爸爸才得到解放，回到了办公室。

刚度过1993年春节，爸爸就走了，他走得很安详。那天夜里，室外雪花飞舞，寒风刺骨，室内泥瓦盆的纸钱一直在燃烧，我们兄弟姐

第一辑 情韵悠悠

31

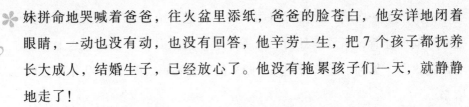

妹拼命地哭喊着爸爸，往火盆里添纸，爸爸的脸苍白，他安详地闭着眼睛，一动也没有动，也没有回答，他辛劳一生，把7个孩子都抚养长大成人，结婚生子，已经放心了。他没有拖累孩子们一天，就静静地走了！

窗外的飞雪让大地变的清清冷冷的，心里没有热度，只有悲伤，在冬风的萧瑟下，心泪暗生，心泪暗落，在自己不觉间，凉了四肢，寒了温柔，那绵绵的深情，已经凉彻心骨！

送走爸爸，走在雪地里，脚下却有一种莫名重厚的湿软，却不见一滴水。如果这雪是泪，那它干涸了？

茫茫雪原，我不断在已经布满零星脚印的雪路上，留下一串串自己的脚印，不知道，谁又会走过来，数着我的脚印，品着这缠绵清冷的泪雪？

北风为谁而吹，雪花为谁而落？在2003年已经年迈的妈妈也悄然地离开了我们，看着那漫天的飞雪起舞，似乎看到亲人在天堂拉二胡、唱歌，思念的泪水凄然滚落！

后来，我们几个孩子一起商量在百陵园买了块墓地，让老人入土为安，并立了块墓碑。

在人的一生中，有那么多美丽的相遇，也有许多痛苦时刻。也许，相遇之后是别离。快乐过后又要经历许多痛苦，但就是那种略带缺憾的美，才会有那么深的记忆，也会留下我的文字和故事。

岁月在我们的脚步中悄然度过，每走过一步我都感觉到时间的无限沉重、幽深、温暖、冷漠与寒冷。几乎所有的往事和伤感都在此刻会聚于我的脑海，浮现在我的眼前。我的思绪随着窗外的飞雪在飞舞，我感到茫然，我不应该去做什么，我也不知道要寻找什么。也许，许多珍贵的回忆已经被无助的我遗忘。

往事悠悠，转眼间，我们也已经步入老年的范畴，回顾昨天："人，有时候就是这么多矛盾。就好比希望快乐多一点痛苦少一点那样，孰不知，快乐和痛苦从来都是对等的。婴儿出生，老人故去，欢乐与悲伤共存，人生，有痛苦有快乐才算是完整的，有夏天，有冬天，有春天，有秋天，有雨，有雪，有雾，有阳光也才算是完整的吧。"相信太阳每天都是新的。

　　相信地球始终在不停地转动，也许，明天会更好！

我记忆中的颜色

朋友，你快乐吗？你的记忆中快乐的颜色是什么？是红色？蓝色？黄色？还是紫色？我问过好多人，不同的年龄和不同的处境的人会有不同的回答。最后，我都给每人一个祝福，祝福他们获得快乐。对于我们的儿童时代，我们的记忆中的颜色是白色。我们的一切也是纯洁无瑕，一切快乐都在生活中感受颜色，在小河沟，在山上，在我们的大杂院子里，我和邻居孩子们的笑声，我们的白色也被慢慢地染上色彩。进入青春时代的少年，我们的生命正像早晨八九点钟的太阳，快乐就是太阳的颜色，是红色；我们响应党和毛主席的号召，好好学习，天天向上，参加"文化革命"，上山下乡插队农村。虽然生活艰苦，但是我们在寻找快乐。当我们插队在异乡，遥望蓝天明月，思念着自己的家人和朋友，我们快乐的颜色就是蓝天的颜色。理想的实现，生活中的拼搏，都演示着生命进入蓝色。在金色的秋天，我们走向田野，那沉甸甸的稻谷、玉米就是我们知青和农民的收获，这时，我们的快乐就是黄色；是的，对于人们的记忆中快乐的颜色，一千个人可能就会有一千种回答。而我们这一代人记忆中的颜色是什么？在我的脑海中，印象最深刻的记忆中的颜色是灰色。在那个年代，灰色军装成为时髦，市面上灰色大流行。我们首都的天空是灰色，我们的心情也是灰色。记得在那个灰色的年代，街头燃烧着汹汹烈火，珍贵的文物、教材和书籍被付之一炬，人们以泪洗面，承受着精神和肉体的折磨。记得在那个灰色的年代，爸爸被打成黑帮，臭老九。我们也因此而受到牵连。记得在那个灰色的年代，我们丧失了考取大学的机会，插队农村接受再教育，深翻土地为争取粮食高产吃饱饭，过着每日挣工分还吃不饱饭的日子。我至今还珍藏着一件灰色的军便服，那是我用一个月的工资34.5元买的咔叽布制作的一身服装，是我的结婚服。我和妻子两人的工资加起来不够70元，住在借的一间11平方米的小屋里，由于窗户紧挨着厕所，从来不敢开窗户，所以墙壁总是潮湿的。妻子在生儿子那年，竟然得了静脉栓塞，在医院住院治疗半年。我每天要照料不满周岁的孩子，还要陪床照顾妻子，我那时没有时间写诗歌、小说和散文，只是在生活中品尝灰色的枯涩。去年春节的前一天，我的一个正当壮年的同学，友谊公司的总经理缪××不幸去世了，我的那个同学只有五十六岁，他很富有，是一个很爽快、纯洁、善良的人。他待班上每一个同学都很好，大家也都喜欢他。可我万万没有想到就是这样一个人，成了另一个世界里的人。由我的这个同学，再想起班上的其他同学，想起大家各自所经历的工作和生活上的艰辛，我突然之间对幸福感到了一种茫然。是啊，幸福是那样的不可捉摸。幸福没有颜色，快乐没有颜色，它只是一种感觉。所以，我们每天能面对大海，青山，心旷神怡。可以说我们生活在幸福之中，很快乐！我们在早晨起床，看到东方的太阳升起，朝霞万道，可以面对东方，感恩上苍，享受新的一天的幸福快乐！当我们走过曲折，克服困难，取得一定的成绩，脸上露出微笑，高兴的表情，也是一种快乐！所以，我感到：生存就是幸福，满足就是快乐。

知足开心就是幸福

1960 年，是我国连续三年的自然灾害时期，也是我们家中最穷的日子，爸爸妈妈养育了我们 7 个儿女，还要照顾已经 70 多岁的奶奶，全家 10 口人住在 15 平方米的小屋，我们兄弟住在吊铺上。靠爸爸 53 元的工资养活这一家人，真是穷到连饭都吃不上。我是家里兄弟中的老大，自然要受更多的苦！妈妈每天用野菜加玉米面、地瓜面做团团，这是我们家的主要食粮，玉米饼子是我们改善生活时候的好饭，馒头更少见。小弟弟看到别人家的孩子吃鸡蛋，很馋，就哭着回家跟爸爸妈妈要。

爸爸妈妈心里难过，哪里有钱给孩子买鸡蛋呢？清明节到了，按照风俗，清明节是要吃鸡蛋的。爸爸妈妈实在是不忍心让弟弟哭和让我们失望，就把珍藏在箱子里我们兄弟们轮流戴的银制长命锁卖了几块钱，买了几斤鸡蛋，我们在清明节早上每人可以吃到两个鸡蛋。那时的我们还是小孩子，不能理解父母的辛酸和无奈，却感受到鸡蛋的好吃。那一刻，我们感到了心愿的满足，品尝到了美好，感受到了满足的幸福。

其实，幸福就是这么简单！

年事渐长，父母也渐渐老了。我们孩子们从升学、上山下乡、工作到结婚生子，有了自己的家庭，也有了自己的房子。这时候，鸡蛋对于我们和孩子只是为了补充营养而吃的食品，回想起当年为了一口饱饭、一个鸡蛋，弟弟的哭闹和我们珍贵的长命锁，那我们的幸福指标也在前进。

我们家在贮水山下的吉林路，从 80 年代就喊着拆迁改造，可是多年过去了，我们家那一段街道始终未能改造，爸爸妈妈没有等到拆迁改造的那一天就离开了我们，小弟弟还住在那 15 平方米的老房子里等待拆迁。随着自己也步入天命之年，靠自己的努力买了套二居室，住上了有暖气、天然气、卫生间的房子，比较起父母和住老房子的小弟，确实感到幸福。也越来越感到，家人、亲情是如此须臾不可离，子欲养而亲犹在，也是一种幸福。

儿子在北京读本科毕业后，分配在北京工作，平常日很难全家聚在一起，春节期间儿子来家探家，休假 5 天，实际在家中仅仅住 3 天，有好友约我一起去朋友家聚会喝啤酒，我拒绝了，说家里还有两个人在等我呢。朋友笑曰："老婆儿子天天见，出去喝酒多开心？"他们并不理解我的心情，在我的心中，家人的节日团圆更重要。

　　在此，我祝愿天下所有的父母、子女们都健康，有了健康，才会有幸福的生活，有了健康，幸福便变得比较简单！俗话说：知足长乐，幸福是一种感觉，知足也就是幸福！

第一辑　情韵悠悠

诗意青岛

青岛是一座美丽的城市，它的大海环绕，青山遍布，高楼红瓦，绿树遮荫，就像一首美丽的诗歌在流淌。

攀上青岛的各个山头，你就会感受到眼界大开，"碧海蓝天，红瓦绿树"的形容在这里真实地展现诗歌与青岛美景融为一体的青岛文化。在山上不仅可以静静地描绘这满城的风景，多年来，我经常沿着榉林山的小路攀登，在依着那一级级台阶，挨着两旁枝叶的轻抚，迎着清风的低吟来到山顶。欣赏那高耸入云的电视塔，然后翻过山头，来到历史悠久，寺庙雄伟的湛山寺，让檀香的轻烟洗落一身尘埃；听到那轻扬的钟声，顿时感到心灵放飞。神秘的卦签，双手合十的大师，催你细数梦想。在这时，您会感到人世情缘的根源，缘分无处不在，无数名人墨客，离开人世也就是过客云烟。

"泰山虽云高，莫过东海崂"，来青岛不去崂山就等于不了解青岛，崂山的景区很多，有太清宫，华严寺，北九水，华楼宫，仰口等许多风景区，许多历史遗迹，宗教文化，民间故事等待您去开发。崂山怪石林立，天然山洞到处可见，著名世界的崂山绿石，崂山水晶石，花岗岩给崂山增添了许多色彩。

春天，青岛的樱花是一道亮丽风景，在青岛的各个山头公园，在中山公园的樱花大道，樱花最先放开了笑脸，看那樱花犹如那怀春的少女，羞涩的含苞，热情的怒放，嫩得冰肌雪骨，媚得粉腮桃红，来自四面八方的游人、过客手举相机，拍下了一张张美丽的倩影。

青岛的栈桥是青岛的象征，据说，在民国元年，当年的国民政府为了往来的鱼船停泊，造出了这座伸向大海的长桥，后来渔港迁到后海小港码头，这里成了青岛的观光胜地，解放后栈桥又经过多年的整修，竟然成了青岛著名的风景点。在这里看海，减去了倚岩观海的平板，消去了固定视角带来的疲惫，从而感到大海的浩瀚，活泼、随意。桥头回澜阁对面的小青岛是一个四面环海的岛屿，过去是军事基地，不得靠近和拍照，今天也和栈桥一起开放给游人，登回澜阁观海，就像迈步踏进了海洋的深处，白色的浪花飞溅，使您真切地置身海洋获得了立体的感受。

在栈桥的左侧是一片绿色的更衣室，无论在春夏秋冬，都有许多人热情地拥抱大海，游泳小酣，在沙滩仰卧，享受阳光的恩惠，这时的海水碧波荡漾，碧绿中透出隐隐约约的蓝。海边的礁石在浪花中唱歌。海水里漂浮着暗绿色的海藻，小鱼小蟹在水中嬉戏。这时，你会感到无数的烦恼一扫而光，浪花撞击堤岸和礁石的拍打声像优美的音乐流淌。

在世界著名的青岛第一海水浴场东边，青岛八大关的别墅群更是红瓦绿树美丽景色的典型代表。看那别致的小楼，红得大方热烈，红得别有特色，街区到处是花园绿树，幽静的道路，别致的小院，处处充满异国风味，原来，这里是德、日帝国主义时代占领青岛的领事馆区，也是青岛市的重点文物保护区，青岛著名的旅游景点。

无论是外地来青岛的游客还是青岛本地的身披婚纱的新婚人，他们在游览过栈桥，鲁迅公园和水族馆总要去小鱼山公园观景：沿着鱼山路的斜坡，走进朱红色圆形门，满山鲜亮的碧叶彩花就活泼泼的在眼前了。金黄的迎春，苍绿的剑麻，粉红的樱花，把淡妆浓抹的花影隐隐约约的投影在砖石路面上。这时，你会真切地感到大自然的美妙，和新婚夫妇一起置身于大自然的美妙之中使你也会沾满喜庆快乐。

游览"览潮阁"景点是小鱼山公园美丽的极致，天空展现"亮绿琉璃瓦"犹如花园建筑宫殿般的气派，沿着览潮阁中国红颜色的木制楼梯登上三层观海台，全城风景尽收眼底，真是登高看岛城，视角不同，感受也因之不同。远处海水颜色不一，极其悠远。蓝、灰蓝、湛蓝、淡蓝；阳光捕捉着波光的鳞网。海天一线的地方，白帆点点，是鱼船归海还是在远洋作业？远海还看到有几条军舰在远海巡弋，保卫着祖国的安全。

雪花儿飘飘

"北风那个吹，雪花儿那个飘飘，"连续几天的降温，在寒风刺骨的日子，雪花又轻轻地飘落下来了，今天是周日，早上下雪，那今天一天就得待在家里。我静静地倚坐在窗前，看这窗外洁白的世界，倾听着飞雪的沙沙声，顿时，远离了喧嚣的尘世，挥去了心灵的焦躁，思绪洒向了茫茫雪原。

飞雪带给我许多回忆，校园里的追逐嬉戏，堆雪人，打雪仗，还有那门前的斜坡，我和院里的学童一起，用两个竹片制作的雪滑车，用两个小棍撑着，从斜坡快速下滑。有一次，为了玩滑雪，连上课都迟到了，受到了老师的批评，老师慈祥的笑容，严厉的训斥，苦口婆心地教诲都浮现在我的脑海！

飞雪带给我许多遐想，"风雨送春归，飞雪迎春到，已是悬崖百丈冰，犹有花枝俏！"这是一代伟人毛泽东在欣赏飞雪、梅花时候挥笔泼墨写下的诗句。我喜欢梅花，她春天不与百花争奇斗艳，只是在寒冬时节绽放笑脸。这种与世无争的精神，值得我们去思索学习。下过这场雪，春节就要到了，春天，百花齐放的季节是我们又要外出的旅游时候了！

飞雪带给我许多思索，大地存在着美丽善良，也存在着犯罪和丑恶。茫茫大雪，把大地改变成白色，洁白代表着崇高和无瑕，洁白掩盖了一切丑恶，我想起了三字经中的开头语："人之初，性本善，性相近，习相远。"也许在原始部族社会的时候，人们的脑海也是洁白无瑕的，在社会有了积累，有了阶级的分别后，也就会出现犯罪和丑恶。

当雪停了，太阳升起来的时候，雪会化，大地就会回到昨天的颜色。

飞雪带给我许多许多的怀念，民间有个经典预言：人生的前三十年，是和亲人、朋友交往最快乐的时期，这时候发生的大事是亲人朋友的结婚，喜事、生孩子，郊游。人生的后三十年时刻是人生伤感的时期，许多亲人和好朋友陆续离开人世，奔向天堂，像我的父母，已经离开我们十几年了，我的许多好朋友也陆续离开了，我想：他们在天堂也一定会安心，快乐。这飞雪，也许是他们带给我们平安的信笺！

雪花在北风中依然悄悄地飘洒着，充满了诗意，充满了遐想。她轻盈地笑着，她给泥土带来了滋润，她给小麦盖上了棉被，她给小河带来了流水，她给高山增添了素雅和神秘。

轻柔的雪花她有着素雅的纯洁，有着梨花的娇媚，她有着低语的倾诉。大雪过后，春节就要来了，再经过几番春风春雨过后，很快就到处是"池上碧苔三四点，叶底黄鹂一两声，日长飞絮轻"的美妙景色。到五月，小麦收割季节，麦香飘万里，金黄满田野。而那时，天上亲人和朋友们和地上的我们，又有谁不在欢笑丰收呢！

"北风那个吹，雪花儿那个飘飘，"我很喜欢这首歌，她的旋律优美，动听。在飘雪的今天，她给我带来了回忆和欢乐！

如霜的蓝月亮

第二辑
浪花在倾诉

如霜的蓝月亮

如霜的蓝月亮

"蓝蓝的天空银河里，有只小白船……"

歌声把我带回童年和昨天。让我时刻怀恋追忆那霜一般的蓝月亮！

38 年前，我和许多同学一起插队来到了潍河旁边的一个小小的村庄，村里为了安置我们在村头盖了 7 间土胚房子，又用土胚围了一个小院，我们在小院子里种下了十几棵梧桐树。晚间，如霜的月光，常常悄然飘洒在院子、窗台和角角落落，给我们这个素淡的小院子平添了许多的温馨。院子里住着我们 8 个城里来的男女知青，每天在小院子里唱歌，弹琴，拉二胡，也给小村增添了许多欢乐！

生活的艰苦，风雨和挫折，使我们好多刚插队农村不久的青年人承受不了艰苦的磨难，有的姑娘嫁给了老乡，有的男青年就回到城里，吃父母那微薄的工资了。我的家庭姊妹兄弟 7 人，回家也是生活困难，难吃上饱饭，就不如踏踏实实做农民吧！因此，经常是我们一排知青屋，独自空对月。每当惨白的月光进入小屋，"夜半钟声到客船"的意境就会油然而生，我独自拉起的二胡声诉说着我的一丝丝寂寞和惆怅。在那静静的夜，如霜的月总会携着我的灵魂进入一个复活和升腾的空间，让我回首那在妈妈眼前的零碎往事。未来是面对土地和庄稼，喜悦和获得将是农村面貌的改造和粮食的丰收了。这意境大约是原始的，也许是蓝月亮的主人"吴刚和嫦娥"在爱情中度过的一切。

在 1969 年秋的一天，我推着独轮小车到周围村庄去用生产队里制作的粉皮换地瓜干，走过一个个小村，感受到村民的盛情。天黑时间粉皮换没了，地瓜干也进了二百多斤。一个人推着载有两麻袋地瓜干的小车迷失了方向，幸亏有蓝月亮，它的银光把大地照耀得亮晃晃。想打听路，周围却寂然无声，我有些着急，肚子也在咕咕叫了。正在这时，远处传来一阵悠扬的歌声："蓝蓝的天空银河里，有只小白船……"多么熟悉？我顺歌声望去，一个姑娘的身影出现在我的面前，她高高的，瘦瘦的，大大的眼睛，清纯的脸上带着诧异和微笑，她的身上背着一个药箱。

"我是邻村的知青，迷路了，能告诉我去西七村的方向吗?"我问。

姑娘笑了一下说："我也是知青，路我也不熟悉，先来我们青年组吧，我们组里老大会知道的。"

"你也是知青?"我顿时感到亲切起来。

"是啊! 我叫李旭红，是队里的赤脚医生，叫我旭红好了!"

"你们组离这里远吗?"我问。

"不远，50 米左右。"姑娘笑着说。

我推起了小车，跟着旭红姑娘来到了她们的知青屋。

这是一个美妙的夜晚，在那个年代，知青见了知青犹如见了亲人，尤其彼此都是青岛的知青。原来这个知青村全部是女知青，她们从学校报名上山下乡时就要求 7 个女同学在一起，那时青岛的知青办满足了她们，她们插队的村庄离我们插队的小村只有 6 里路，可是我们竟然从来没有见过面!

她们每一个人长得都是那样地清秀、漂亮、端庄、大方! 她们清脆的笑声就像银铃，令我终生难忘。在这里，我吃到了好久没吃过的一顿饱饭，满满的一大碗面条，两个荷包蛋。在那个年代，这是何等的待遇? 顿时，我热泪盈眶，好像是回到了家，和姐妹在一起的感觉。吃饱饭，她们竟然提议集体送我回村子，我推脱不了姑娘们的盛情，她们轮流替我推着小车，在月光下的乡间小路上嘻嘻哈哈地走了半个多小时，把我送回村里。我站在村头目送着她们的离去，茫然若失，在月光下呆呆地站着，只有天上的蓝月亮，星星和我做伴送她们离开!

蓝月亮与神秘大海的契和，更是一种妙不可言的境遇。那年麦收过后，我回到青岛看家。油然升起去海边看母校的感觉，晚饭过后，便去了母校转了一圈，寂静的校园，只听到大海的浪涛声在呼唤着我。我奔向了海边，真正认识如霜的明月，大约就是在那个时辰开始的。海上的月，格外的温柔，温柔得足以让你恋惜；海上的月格外的白，白的让人心碎。海月浑然一体，月下的海是如此的深情，深情得使生命多了许多血肉；海上的月如此的妩媚，妩媚得让你饱含着泪水。就在这时候，我听到了一阵熟悉地欢笑声! 难道是她们' 我迎着笑声奔了过去! 果然是她们! 我的邻居知青。她们也利用麦收结束来家看看，今晚到海边欣赏蓝月亮。我们高兴地述说着会面的快乐，归期和村里的趣事。海边的蓝月亮在天上、在水里望着我们，用潮声为我们的再次会面庆贺！

秋收过后，村里推荐我去上工农兵大学，我暂时离开了小村进行了深造，当毕业后再返回插队村庄被安排到学校教学后，又怀念起邻村的知青旭红和她的同学，怀念起她们的笑声和那顿可口的荷包蛋面条。晚饭后，一个人踩着月光，沿着乡间小路向熟悉的邻居走去。咦？怎么了，小院子静悄悄，没有灯光，更没有笑声，只有惨白的月光笼罩在小小的院落。我问了旁边的老乡，老乡告诉我这里发生的事情。原来在去年的一个夏天夜晚，在田间劳动一天的姑娘们疲乏地睡去，由于天热没有关窗，村里的一个歹徒翻进了姑娘的房间，非礼了旭红姑娘，可怜的姑娘们竟然不知道集体反抗。只有在歹徒得手离去后抱头大哭，旭红姑娘哭后喝了一瓶敌敌畏自杀，幸亏送医院抢救及时，生命保住了。

县知青办很重视这个案子，认为这是破坏知识青年上山下乡的大案，逮捕了这个歹徒，为了照顾影响，村里的知青全部给予当地就业安置。旭红回到了青岛。我听到这叙述，仿佛晴天霹雳，眼前发黑，脑海感有丝丝凉意，我愤怒了，我恨自己的笨庸，但又感到空虚无助。我的思绪像月光一样洒在软软的田地里，霜一般的月，还会让原本熟悉的事物变得陌生起来。我流泪了，为我们知青旭红在广阔天地的遭遇而流泪。真是"山乡明月光，大地寒冰霜"。远处的潍河，眼前的红高粱，还有村头的养鸡场，全脱胎于霜的世界。我踩着洒在地上的冷月，匆匆赶回我的住所，霜月清冷得让人不知所措，如霜的蓝月亮！

38年过去了，至今，已逾天命之年的我常常感叹：温柔的蓝月亮的光芒会白得让人忧伤，这忧伤往往可带你去亲历一段无奈的离别，让你真切地感受到长久的疼痛，懂得了哭泣，学会了珍惜。等你从霜一般的月光走出，面对那阳光时，才会感到一丝苦涩的灿烂，每到晚上，看到月亮升起的时候，我就会怀念起那些灿烂的时节，天真烂漫的邻村姑娘！

蓝月亮，如霜的蓝月亮，只有你知道我为什么孤独地经常在海滩漫步，踏碎你撒下的清冷月光。我在等待，等待那清脆的笑声，灿烂的面容，纯洁的激情！

蓝月亮，霜一般的月，我不知道我是否应该再去回忆那些往事，寻找那些纯真的姑娘，我对蓝月亮和她所孕育的意境无法去梳理的如此清晰，"世界有真情，后悔药难觅"。我明白。心中时刻怀恋那霜一般的蓝月亮，是有其人，有其声，有难以磨灭的印象。只有用我的血，溶入火的激情，饱蘸着月光，写进我的诗章！

如霜的蓝月亮

落叶的感慨

秋风扫落叶是世间最残酷的一幕，每当我看到秋天的叶子飘飘忽忽随风落下，心中便感到一阵阵凄凉。看到落叶遍地，大地一片枯黄，似乎已经听到了冬天到来的脚步声。预感到寒风呼啸，白雪纷飞的冬季就要来了！

从看到落叶的悲哀，联想到春天来临时，万物复苏，树枝泛绿，树叶便努力冲破枝条的束缚，一点点在春风中，阳光的照射下长大的喜悦，也感到释然。

绿叶的生命周期很短暂，在我们北方青岛也就是 8 个月左右。每到三月，大地从严冬苏醒，叶子开始冒芽，经过阳光的照射，风雨的熏陶，叶子长大了。绿色的叶子在路边的大树，开始为人们遮阴凉，绿色的叶子在山上，郁郁葱葱，给大山穿上绿衣裳。绿色的叶子在城市、改善着环境。绿色的叶子在荒漠，遮挡着风沙的侵袭。

绿色的叶子吸收阳光，完成光合作用，为植物成长制造出充足的养分来；无论叶柄长与短，都把叶片和茎连接起来，支持这叶片由小到大，直到生命结束。期间会经历无数次的风吹雨打，有些幼叶甚至没有托叶的保护，也能够顽强地生存下来，让人不得不感叹小小的树叶生命力的顽强。

我们公司陈工程师的妻子患高血压，朋友介绍他一个偏方：用罗布麻叶子泡水喝，他让妻子实验后效果很好，就介绍给我。因为我最近也检查出患有高血压。我把办公室的几个空花盆都插上罗布麻枝子，在几天后都发出了绿芽。现在，每个枝子已经长出了多个叶子，根须也由细变粗，我也开始每天用一个罗布麻叶子泡水，效果很不错，比那些假冒伪劣的保健品、降压茶好多了。何况罗布麻在办公室没有风雨袭击，常年绿叶不断生长，现在，我栽种的由一盆变成了现在的 5 盆，我还送给了另外一个老同事两盆，他的妻子患有严重的高血压。

周日去崂山游山，家在山上的朋友送崂山绿茶一盒，说饮崂山绿茶能

第二辑　浪花在倾诉

清火、明目、化痰，防止得辐射病，这对于我们这些长期在电脑前学习、工作的朋友又是一种保健佳品。每当我把茶叶用开水泡好，喝着那豌豆香的绿水，总是免不了对小小叶子的许多感激和感慨！

叶子的生命周而复始，让人们感受到了生命存在的价值。小小的绿叶从生命的开始，就为人类释放氧气，提供食物，提供饮料，遮风挡雨，美化环境，最后回归大地。它短暂的一生，给人类带来了很多很多的益处。

看过好多大作家写的赞美高山、赞美大海、赞美青松、赞美白杨树等的好文章，我感到小小的叶子也值得赞美，叶子的一生全部奉献给人们，最后悄然离开，和大地拥抱，化为泥土，变成植物的肥料。联想到我们平凡百姓中的每一个人，人的生命也很短暂，在几十年的生命拼搏中，虽然没有惊天动地的事业业绩，但是，只要你在平凡的岗位认真地工作，不断地学习，善待你的家人和朋友，为社会做出应有的贡献，那你就是一个高尚的人，一个无愧于自己，无愧于人民的人。

正是：秋风无情人有情，严冬过后起春风。千山万树尽染绿，片片叶子笑风中。

联想到自己，曾经做过农民的老知青，没有雄心壮志，更没有惊天业绩，只是在普通岗位上求得温饱而忙碌一生，现在也只是在风雨中飘摇的一片叶子，在夕阳的辉映下，已经开始像枫叶泛红。冬天就要来了，春天还在我们心中！

怀念我的梧桐树

　　小时候经常听妈妈讲述家乡的梧桐树能引来了五彩凤凰的故事，当年五彩凤凰落在家乡的梧桐树曾经给家乡的前辈带来了好运，风调雨顺，年年丰收。因此我小时候就盼望拥有一块自己的地，亲手种几棵梧桐树，引得凤凰来。让五彩凤凰栖息在我栽的梧桐树上，让我看一看真正的五彩凤凰。因为五彩凤凰是神话中的鸟王啊！

　　梧桐树叶翠枝青，亭亭玉立，一直被人视为吉祥的象征。但是，梧桐树在我们家乡却是极其普通的树，现在我们城市的街道旁边是法国梧桐，公路两侧，山坡空地到处是本地梧桐，可是我实现种植梧桐的梦却是我刚刚从学校出来走向广阔天地开始的。1968 年冬天，我和同学们一起响应毛主席的号召插队到潍县七甲张村落户，当时我们知青当中很流行种扎根树。在当地农村青年陈喜之的帮助下，我也在分到的 2 分自留地的周围和我们知青房屋的院内种下了 60 棵梧桐树。第一年春天我栽下的梧桐开始发芽，秋天就长到 2 米多高，到第二年开春，按照老乡的经验，把梧桐树干贴根部砍断，让它重新发芽，我种下的梧桐树竟然在当年长到 3 米多高。到第三年院内我栽的 8 棵梧桐树的树冠就可以遮挡起全院的树荫，以至招来好多小鸟在树上歌唱，夏天，许多村里的老人和孩子们来树下乘凉。尤其在梧桐开花的季节，白色的花朵飘逸，是我在最困难和最孤独的时候心灵得到安慰。那梧桐树的挺拔向上是我这一生最向往与追寻的时代。想起那个年月的我们正是风华正茂，犹如当时扎根在黑色土地的梧桐树，我怀念那梧桐树高大的身影和梧桐花淡淡的花香。

　　春天我的梧桐树还没来得及穿上绿军装，就迫不及待地绽开一朵一朵淡紫淡紫的花儿。那白里透着紫色、形状如喇叭的梧桐花便一朵朵、一簇簇地绽放在春光里，我每天看着花朵，所有的烦恼、劳累一扫而光，有时候晚上竟然长坐在月光下赏花，盼望着凤凰的到来。

　　梧桐花开的季节是我最高兴的季节。晚上，泡一壶茶，欣赏着梧桐花开。大片大片的紫，大片大片的洁白，在褐色的枝杈间尽情舒展，浓浓的，饱满而热烈。那一串串厚重的花蕾，只沉甸甸地低着头，在高高的枝干上独自静静地开，不与桃花比风姿，不与迎春赛笑靥。那盏盏将倾的佳酿，仿佛不胜春的浓情蜜意，负荷不住月光的款款深情，风儿不经意地碰触，就把爱的琼浆洒得遍地都是。这时，我们知青和村里的青年经常在树下聚会，拨动琴弦，展开歌喉。梧桐花儿的影子在树下伴舞，也许，这就是我们插队时节最美好的记忆时刻！

一场秋雨，一阵秋风，梧桐树呈现出深秋的色彩。夏天遮蔽骄阳，秋天落叶纷飞，那树叶的色彩也由绿而黄，在阳光的映照下缤纷如画。

我种的梧桐树在农村也是极普通的树种，或许正是因为它的普通才因此衬托了它在我心中的神奇伟大！我在自留地的树空间秋天种下了小麦，六月小麦收割后又种下了玉米，小麦和玉米竟然都获得了丰收，尤其是玉米棒子，金黄色的玉米粒密密排列，结得又长又大，这不能不承认这也是奇迹，当地老农民说，可能是梧桐花粉的作用，让玉米获得了成长帮助。煮熟的嫩玉米格外香甜，所以在我夏天回青岛探家的时候竟然成了我孝敬父母的探家礼物，那种又香又甜的感觉至今难忘，叫人迷恋。尤其玉米在锅里即将煮熟，浓郁的玉米香气在屋内散开，深吸一口，沁人肺腑，心旷神怡，那种甜蜜的滋味真是难以用语言表达。

第三年和第四年，我的梧桐树已经有 5 米多高，有碗口粗了。村里的好多农民找我，要买去做盖屋的檩条，我没有答应，我盼望在花开的时候凤凰会飞来，落在我的梧桐树上。

1972 年 12 月 10 日，梧桐树已经处于休眠期的时候，我接到了回城的通知，我只有把我的梧桐树托付给了老队长，回到了日思夜盼的故乡！

现在，每当我走上大街，看到马路两旁的法国梧桐，就想起我栽下的梧桐树。梧桐树，我曾经的伙伴们，离开你们已经 35 年，你们现在还好吗？我经常在梦中飞到你们身边，哪怕是工作之余飘动的思绪会把你们带回到梧桐树下，回味那青春流逝的地方，去重温你那淡淡的花香！

沂山石门枫叶红

红色的枫叶，红色的山，连记忆都是红色。1980年秋天，我去北京的时候，专门去香山看红叶，这些黄栌叶也如同枫叶一样是漫山红遍，对这满山的"激情"，印象极为深刻。

26年后，我们公司全体职工去临朐石门坊看枫叶，却让我在家乡的老区当年的革命根据地看到了这一红色的令人激动的景观，让我在心中对这一片片叶子构成的美丽油然生出一种崇高，焕发我的斗志，要我一生追求激昂奋进。

沂山是沂蒙山的一个支脉，石门山是沂山的一部分，这里山连山，树挨树。在秋风中，山上、山下、山谷里到处是枫树林，那满山遍野的枫树，重重叠叠，气势澎湃，红得是那么鲜艳夺目，灿烂辉煌。偶尔间也有几簇黄叶金灿灿的，在热烈之中嵌上几许高雅，在一派彤红之中独领风骚，远远望去，像一波万顷的火海，像唐僧往西天取经路过的火焰山。面对这醉人景色，我急不可耐的向山上爬去，顺手摘一片枫叶，像路边嬉戏玩耍的孩童们，摇啊摇，唱一支沂蒙山小调，多少烦恼、相思都飞到云彩里，目标只有一个，向前攀登，更美更红的枫叶林还在山的顶峰！

十月金秋的石门坊格外的迷人，延绵的火红，漫野的闪亮。地上和树上浑然成一片灿烂，我不禁诧然惊奇！面对这美丽的景致，我陶醉了！怎么在知青年代曾经离这里不远的潍坊插队竟然没有发现如此好的景色，蜿蜒山路旁边，石凳，石桌，枫叶，相映成趣，曲径通幽，古朴淡雅！是外面的风光掩盖了这里的美丽，也掩盖了这里的灿烂？我不禁想到了著名诗人杜牧的诗句：停车坐爱枫林晚，霜叶红于二月花。也恨自己在接受"再教育"的年代，没有珍惜青春年华也来此地欣赏如此美丽的景色，反而在黑色的土地上为了挣那可怜的工分耗费了宝贵的青春。

我读过外国文艺中有一个关于枫叶的故事，有一个病人，病得很重，整天吃药打针也不见好转。他开始绝望。一天，他写好了遗嘱，静静地躺在床上。这时，他的一位画家朋友来看他了。画家对他说："昨天晚上做了个梦，梦中有一位仙人对我说，你那位重病的朋友，如果他能坚持到明年春暖花开的时候，他的病就会痊愈。"我问仙人，有什么好办法，才能让他坚持到明年春暖花开？仙人说："你朋友病房外有一棵枫树，如果那棵枫树上的叶子全掉光了，你的那位朋友的生命就到头了；如果枫树的叶子还有，哪怕只剩下一片，那么你朋友的生命就还有救。"说完，那位神仙也飘然而去。梦醒之后，我就赶到了你这里。信不信由你吧！我走了！

他的那位朋友走了。这时，那位病人挣扎着爬起来，怔怔地望着窗外那棵枫树，虽然已是深秋季节了，但窗外的那棵枫树仍然枝繁叶茂，像一团熊熊燃烧的火。看着那团火，病人突然感到有了一线生的希望。他把遗书悄悄地收了起来。

从此，他每天先要去看一下窗外的那棵枫树。天气慢慢地变得寒冷起来。枫树上的叶子，开始一片一片地往下落了，他的心也开始紧张起来。

天越来越冷，风越刮越大，他每天抚摩窗户，一片一片数叶子：只剩下十片了！九片……八片……七片……六片……五片……四片……三片……两片……只剩下一片了……！

寒冷的冬天终于过去了。那片鲜红的枫叶，依然顽固地挂在枫树上，这时他已对自己完全充满了希望！春天来了，枫树开始发新芽了，他的病真的好了，但是，他也看到那片火红的枫叶是画家朋友在树后面墙上画上的！

这个美丽的故事相伴我很久很久，以至在我插队和最孤独的时候也给我以信心，望着满山的红叶，我好像又看到了那叫人陶醉的童年，看到了漫天晚霞，看到了我的明天希望，增强了克服困难、战胜困难的信念，我感动的流下了热泪！

满山的红叶没有玫瑰的华丽，也没有牡丹雍容华贵，更没有桂花扑鼻飘香。但是它带着朴素顽强的生命力把山染红，给我们这些经历过蹉跎岁月，头发斑白的老人焕发青春的启迪也是难能可贵的啊！我想我是个极其普通的人，没有特别喜欢衷爱的颜色，喜爱的食物，也没有特别迷恋的音乐……只是这小小的红叶就足足让我陶醉一生，感受到朴实、忠诚、善良和热情，这种感觉伴随着我度过今天，明天，或许将伴我度过一生，我在为火红的枫叶而感动！

我看到了山上的景点介绍，得知石门坊红叶是天然的原始林，规模之大，远在北京香山之上。独特的山谷走向，使得沂山石门坊红叶的颜色特别纯正，绝非人造的"红叶谷"能比。由于地处深山峡谷，加上过去交通不便，石门坊红叶是"藏在深闺人未识"。今日得见，我不由的感谢起我的领导"光辉"老兄，他虽然已经六十多岁，曾经患过中风，中风后遗症造成他的行动不方便，但是他和我们一起，一路吟诗作歌，谈笑风生，意气风发，确实是我们这一代人的楷模！

登上山顶，综观石门坊群峰环翠，壁立千仞，嶙峋夔石，青者如黛，白者如垩，峭者如削，剥者如脱。红叶黄栌遍布山岗峡谷，霜打红叶，泼染山红；丛栌间柏，漫红嵌黛，丹青丽雅，瑰丽如画。确实是人间仙境，我们在群山环抱的枫树林里，寻找一个农家，围坐在一起，吃一顿农家宴，煎饼、咸鱼、山野菜、山鸡，喝着沂山白酒，我又重温了当年插队时候生活的乐趣，品味当年的快乐！

十月秋风染红了山谷，也吹动着我的心，我抬手轻轻地摘下几片红叶，抚在脸上，热血再一次沸腾，心却始终被它所激动，牵引着我爱红叶的热烈，淳朴，更想时刻有红叶这种精神陪伴在我的身边，或许这种热情会永远铭记在我的内心，提醒我要一辈子都学会的不朽动力和那质朴、纯净的实质去享受我的人生。

童年的雪

　　提到雪，大家总会想到西藏的喜玛拉雅雪山，红军长征经过的昆仑山，还有西伯利亚无边的大雪原，洁白无瑕的雪。我们祖国的母亲河黄河、长江的发源地都是喜玛拉雅雪山，一座座雪山，一个个美丽的故事，都曾经使我心潮澎湃，感慨不已。可是我在人生的几十年里始终怀念的是我童年的雪。

　　我的童年，好像经历过许多雪的有趣故事，回忆起来，总是令人激动。现在，我已经是知天命的年龄了，就是看到雪，却很少再有童年的趣味冲动。青岛好多年没有下过大雪，有时候下一点儿小雪便交通拥堵，事故频发。市领导派专门的队伍扫雪，清路，汽车在奔跑，汽油在燃烧，很快路面和不多的空地就暴露出原形。盼下雪，雪可以净化空气；怕下雪，下雪怎么出门？我小的时候就盼着下雪，下雪了，又可以小朋友们玩出许多花样趣味来。

　　我小时候的家住的是一个拥有38户的大杂院，记得在小的时候，雪总是在夜晚静悄悄地飘落，早上起床就发现院子里满地的雪，院子的大人们早已经把自己家门口扫出一条小路，当然也少不了一条路通向大街门。我们同院有许多小伙伴，看到满院子的雪，都回家拿煤铲子来，把雪堆在一起拍打，不一会儿，一个个雪人的身子就做好了。然后推一个雪球往雪堆上一放，放两个黑煤球当眼睛，一个红辣椒当鼻子，一安一插，有鼻子有眼的活灵灵的雪人就堆好了！然后，就把两块竹片做成的小滑车放在脚下，用两根木棍做冰杖，两手一用力，小车滑出去好远好远，为了滑得痛快，我们经常跑到大街上开滑车。我们的门前本来就是一个陡坡修成的路，稍加用力，滑车飞快地穿过雪地，穿过泰山路直达辽宁路与华阳路交界口，那痛快的心情至今难忘。

　　最值得一提的是打雪仗的游戏，我抓一把松软的雪，攥成团，向同伴扔去；他抓一把雪，向我扔来，趁你不备，把雪塞你脖子里去，那叫一个凉！更有聪明的小朋友，半天不见动静，敢情在一边准备弹药呢！他们把手里的雪团攥了又攥，惟恐不结实，制作了一大堆弹药，瞅不冷子给你一家伙，犹如狂风暴雨的雪球飞来，也真够受的。闹够了，也都累了，晚上睡觉那个香啊，至今回想起来还感到甜蜜！

　　记忆最深的一场雪是在 1968 年冬季，我们响应毛主席的号召插队到农村接受再教育的时候，天空从腊月二十就开始下起了鹅毛般的大雪，一直下到腊月二十九，这是我们来到农村插队的第一年。我们组里 15 个同学，最小的女同学只有 14 岁。看到村头路沟一片白茫茫，汽车、马车都不能行驶了，许多在外地工作的人回家探亲交通成了问题，有的人下火车后因为找不到路竟然落进田里的枯井，天寒地冻，无人救援，就冻死在枯井。当时我们插队的潍县革命委员会号召我们在农村过第一个革命化的春节，看到这漫天的飞雪，也只有如此了。刚下乡，一切还都感到新鲜，同学们一起围坐在火炕上包着饺子，唱起了毛主席诗词"风雨送春归，飞雪迎春到，已是悬崖百丈冰，犹有花枝俏"！

　　那年的大雪是当地历史上数得着的，屋子外面大雪铺天盖地，屋内生了个炉子，也算暖和，我们全组 15 个知青吃完年夜饺子，一点儿睡意也没有，就开始唱歌，下象棋。几乎一宿没有睡觉，第二天又按照村革委会的安排，踏着厚厚的到膝盖的雪到村里访贫问苦，听忆苦报告。在寒风中，我看到，有几个身影正在村头的雪地里扫雪，把村里大道上的积雪用铁锨铲到筐里，送到麦田，清扫出一条小路，其中有一个老人，大约七十多岁了，也在雪地里忙碌，我顿时感到肃然起敬。但是贫协主席却对我们说："他们的家庭出身不好，是地主、富农，不要和他们靠近，他们正在做义务工，接受惩罚！"这个镜头，虽然已经过去了 40 年，却至今刻印在我的脑海。

　　现在青岛里很难再见到一场像样的雪了，我们现在都已经步入人生的老年阶段，看到下雪也没有了玩雪的心情。一下雪就异常紧张：可怎么出门？出门防止摔倒啊！

　　现在每逢下雪天，总是要站在凉台的窗前看雪、听雪。看到纷纷扬扬的大雪从天上落下，总感到一阵豪情油然从心底升起，假如我的青春能够再来，我一定会去冒雪堆雪人，让雪花落在我的衣领里，再次领略童年的乐趣。我好像听到雪落的声音中，有刷刷的扫雪声，一个苍老的、枯瘦的老人在带领他的子孙们在扫雪，出义务工。又听到了风雪中传来美丽的乐曲，不是小资，也是矫情。啊！这是听雪的真谛，是时代的真谛，这声音告诉你！只有滤去喧嚣与浮躁才能真正听到雪，我好像已经听到了今天的雪，童年的雪的声音，领略了它的意义！

如霜的蓝月亮

悠悠网络情

这是没有月亮星星的夜晚，雨丝从早上就开始轻盈地坠落，我外出的心情黯然，只想静静坐在微开的窗前，看着细细的雨丝从墨色的天空飘落，我的思绪也被雨线拉长，进入往事的追忆。

上网转眼间将近 8 年了，我曾经走过好多网站，担任过十几个网站的版主和管理员，天南海北也认识了许多朋友。1999 年开始上网，从网易开始认识的门外行人、小水滴，酒瓶子等到老知青论坛的松峰山，明熔居士，方璐等，从文坛网的徐云飞，高志坚到青岛新闻网的格里，老三届，山楂树等岁月的好朋友。每天面对荧屏看到的一篇篇或清丽或婉约或哲思的文字在暗夜里舒展，亲切地向我召唤，用文字引着我去感知荧屏对面的一个个幽深的心灵世界，心中就充满对朋友的爱恋和深情！

我每天都会为朋友的热情感动，有时看着一些充满友情的文章竟然被感动得流下泪水，我每天滑动着鼠标，敲击着键盘和朋友们交流着，夜深了也不想入睡，有时候在梦中也为文章中的精彩情节和网友聚会的初次会面而感受到甜蜜！"铁打的营盘，流水的兵"，我所管理的网站和版块每天都有一些网络过客临后又匆匆离开，但更多的是一些论坛的老朋友在浏览、发言、跟帖。我们曾经的一个老知青，现在还在为温饱而拼搏的"民工"，偏偏迷醉在这个境界里，醉心于文字的抒情和游曳。细细品来，如同在荧屏洞察每一篇文章的精髓，轻抚每一个寂寞的灵魂，和朋友们一起沉浮于喜怒哀乐的沟通。每天电脑前的我都在收获、付出，留给我的是一夜的无眠和沉思。

天上的雨丝还在飘落，从窗上看到夜行人举着伞在大街走着，他们怎么没有回家？也和我一样孤独地和小雨做伴吗？尤其是在今天这个没有月亮苍白而憔悴的雨夜，拥有网络就是我的天堂，它不仅为我们爱文学的人提供了一个交流的平台，而且我们大家都可以在这编织着自己的梦，情感在澎湃，心情在流淌，血液在沸腾。好像我又在海边弹起吉他，把激情释放在黑夜中的大海。哗哗的海浪声伴随着忧郁的文字的灰色音符，扣击您的心扉！

泡一壶崂山石竹茶，唱一首老歌，回一句简单的话，或是文章后面加几个小插图，都能带给人阵阵暖流。从文字中能感受到朋友的笑容，从那些最朴实和淡然的文字里，感受你淡淡的安慰和牵挂；读懂你真挚的关心和爱护！

网络有真情，我们荧屏的后面是各行各业的精英。初次的聚会，好像看到许多好文章在大家脸上游动。激情的会场让全身的血液沸腾，多少拥抱和山盟海誓都不为过。但我却喜欢淡淡的感觉。俗话说：君子之交淡如水。是朋友也不用常相见。只要能在文字的后面看到几个字的跟帖，就会有一股暖流溢满心头。

我们网络的一个朋友——缪进华，他经常潜水在论坛，偶然也发几个小帖和回帖，就在他去年悄悄地离开了我们，去了天国。他在病中感到给他带来快乐的就是来论坛看我们的文章和帖子。他走后我流着泪水在荧屏上敲击了一首小诗予以悼念！

夜深了，小雨还在下，我关上了荧屏，等待我的是床上的幻梦，或许，我在梦中又要和朋友们见面。我期待朋友那情同手足的友情，它会像轻风细雨洒落心灵，我会永远把朋友的脉脉温馨的每一声问候和回帖留在我的梦境；我会把梦中朋友的文字融化进我的血液，变成一首首诗歌，流向荧屏，流向您的心中。

网络与文学的交融

从 1998 年春天开始上网，至今已经 11 个年头了，由于从学生时代就酷爱文学，喜欢诗歌，喜欢散文，在 20 世纪 60 年代到 70 年代，曾经在报刊以街头诗画等形式发表了许多诗歌，自从受儿子的影响迈入网络这个阵地，到 2008 年已经在报纸、杂志、文集等正式发表诗歌、散文、评论 500 多篇，文字达到 80 多万。

那是在 1998 年春天，刚踏入网络不久的我就接受了朋友的邀请，开始担任湖南红网文学天地、老知青之家、中华知青网、青岛知青网、中国文坛网、青岛新闻网蹉跎岁月、青岛传媒网似水年华等论坛版块的管理员和版主，每天回家的第一件事情就是上网，上网结交了很多爱好文学的朋友，开拓了思路，开拓了眼界，提高了自身的文学水平。

2003 年，我们青岛新闻网蹉跎岁月、青岛知青网的网站的网友在青岛作家协会的支持下，在作家出版社出版了第一本我们自己编辑的书《岁月》；2004 年，我们在作家出版社出版了《记忆中的颜色》；2005 年，在人民文学出版社出版了我的个人诗集《大海听歌》；2006 年由作家出版社出版了《山海日月情》；2007 年我们又在作家出版社出版了散文集《琴岛情韵》；2008 年我们由作家出版社出版了《海天蓝月亮》。现在我们的青岛新闻网蹉跎岁月论坛有山东散文协会会员 38 人，青岛作家协会会员 36 人。大家每天回家做的第一件事情就是打开电脑，走进属于我们自己的网络天地。在我们的论坛里有一个老人名字叫王宗云，他现在已经 79 岁高龄，但是他的记忆力和打字速度不亚于青年人，在 2008 年 6 月 6 日我们论坛举办的抗震救灾诗歌朗诵会上，他慷慨激昂地朗诵了自己的作品。他现在是山东散文协会会员，青岛作家协会会员。

值得一提的是我们论坛还有一位德高望重的老人，他就是原青岛警备区政委李治亭老将军，他虽然今年 83 岁高龄了，但是他经常参加我们论坛组织的活动。爬大珠山，走琅玡台，聚会。确实是我们这一代人的楷模。

我是 1949 年生人，也即将 60 岁了，由于每天和朋友们在一起，老是感到青春犹在，生活感到特别充实，计划在今明年还准备出一本诗歌集，在我们论坛再编辑出版一本散文集。把自己的心声，献给大家，留给后世！

如霜的蓝月亮

难忘的老屋

1978 年，也就是 31 年前，我曾经租用居住的房子，是个 10 平方米的小屋。那是我刚从农村插队回城在商业工作的第九个年头，我们公司的办公室吕主任暂时借给我的一处小屋。那个小屋原来是我们公司的集体宿舍，后来因为人员的调整，竟然暂时空置，幸亏我的铁哥们张春慧帮忙，他在办公室工作，说了好多好多好话，让我借住了这个小屋好多年。

我结婚就是在那个小屋，在我记忆的里，房子长 3.5 米，宽 3 米。室内安排紧凑的家具，双人床，大衣柜，墙上挂着的微型贝雕画，墙角的炉子。还有门前的煤池子，所有的家具都是朋友们的帮忙夜战打造的，还有在房屋东墙打开透气的一个小东窗，这一切，都永远是珍藏在我心里的水晶石。

老屋坐东朝西，每天下午屋里洒满了阳光，但是小屋由于紧挨院子的公共厕所，房子很潮湿，贴厕所的墙每天都湿漉漉地出水，我就用塑料纸钉在墙上，只要晴天，每天都要晒铺盖。但是在那个年代，能借到这样的房子也让我感恩了几十年，一直念念不忘张春慧兄弟和吕主任的恩情。也许，这也是我现在写这篇文章的原因和动力之一吧！

老屋的小院一共有 20 多户人家，每户都是 10 平方米左右的面积，院子中间有个公用水龙头，每天定时有人开关。电费也是全院一个公用总电表，每家设分户表，每月的水、电费由各家各户轮流看表收取。

简陋的小屋，简易的家具把本来就很小的房屋空间挤的满满的。一个大衣柜，一张双人床，一张写字台，还有两个简易沙发，一张饭桌紧贴门口，我的同学崔代君送给我他们无线电二厂出的红灯牌半导体收音机，是我们新居的唯一一件家用电器。

别看这小小的半导体收音机，它给我们的新婚的生活平添了很多快乐。直到后来他从厂里帮我购买了一台试制的 9 吋的"青岛牌"黑白电视机，我们的文艺生活才增添了新内容。清晨，我们忙碌着早饭的时候，耳边传来的中央电视台的新闻联播。晚上来家还没有等吃晚饭，邻居的许多大娘、大爷、兄弟姐妹都聚集在我们的小屋，面对小小 9 吋的荧屏看电视节目。在那个文化生活匮乏的年代，欢乐与幸福充斥着小屋的每一个角落，我们的邻里关系也是那样的温馨。

1979 年，我们的儿子出世了，屋内的空间更加窄小。随着孩子的蹒跚学步，活动的空间由室内转向了室外。邻居的大爷大娘经常抱着我的儿子逗趣，只有在夜晚时，孩子甜甜地睡了，幽暗的灯光使小屋又呈现出往日的温馨和宁静。

虽然小屋狭窄，但是充满欢乐，尤其是购物和出游特别方便，在那个计划经济的年代，肉都是紧俏物资，需要凭票供应，但是距离我们只有 200 米左右的市场三路回族肉店的曹师傅和小王却经常照顾我们，每月可以去买 2 斤牛羊肉。再往前走是菜市楼，百货店，果品店，小商品市场密集林立，我们小院对面的青岛电影院经常演出各种新片，后面的友协影剧院经常有招待票，记得那时的招待票是文化局工作的毕兆林老师赠给的，他就在李村路住，经常来我们的小屋坐坐。可惜他早已经故去了。但是他的笑容和幽默的话语至今还在耳畔回响。

我们在这里居住，邻居的关系相处得都非常好。碰到下雨了，如果晒在院子里的衣服家里没人收，也不用担心，邻居大娘早给你收起来了，而且帮你叠得整整齐齐。冬天下雪的日子，院子里总会堆了雪人，小路石板被打扫得干干静静。整个小院像是一个大家庭，生活在互相关心和互相帮助的氛围里，使我至今还在怀念那些好人，那个时光。

1981 年 9 月，我们企业分房，在西镇分给我一处 14 平方米的小屋，我真的搬出了这租借的小屋，难舍难分的感觉，难以忘怀的亲情，使我经常的前去看看，回顾一下那温馨的时代。

如霜的蓝月亮

几十年过去了，现在小屋的周边地区都已经拆迁改造，到处是高楼大厦，可是我曾经借住的小屋和破旧的小院还在那里，只是院子里的老人都没有了。原来曾经存在的温馨我也感受不到了。只是在我的心中还散发着淡淡的清香，难以忘怀！

第二辑　浪花在倾诉

秋天的记忆

转眼间，已经进入十月深秋，小草开始发黄，发枯，在秋风中簌簌发抖，路边的法国梧桐树叶开始飘落。门前榉林山那条向山顶延伸的小径，黄灿灿的野菊花随风摇摆，似乎要和冬季的即将到来抗争。北风吹来，一片片叶子最后望一眼大树滑落树梢，在地面上旋转起舞，树上知了的叫声早已消失，只有蟋蟀还在不停地做着最后的演唱。秋来了，愈来愈深，势不可挡。我的青春记忆也是在秋天，在每年的十月经常充满惆怅回忆起那失落的昨天。

40年前的好长一段时光，是我与同学"月"经常在山上一起漫步，学习、歌唱的时光，那时侯，"月"说过，她将永远和我在一起，朝朝暮暮享受这山，这水，这树，这山上的阳光，月光。眼前这条开满黄灿灿的野菊花的小路是我们的黄金路，是我们的希望。我相信那时光其实比黄金更加珍贵。那时的去棘洪滩的支农劳动，去崂山大埠东的收割小麦，在校园里，在运动场，"月"的关切话语时时刻刻鸣响在我的耳边。她的笑颜永远是那样生动。就是她每天离别时候的回眸也已经让我陶醉，成为我生命中的永恒定格。

"知识青年到农村去"的"最高指示"发表的时候，我们又相会在这条小路上，那时，黄灿灿的野菊花已经不复存在，荒草遍地，蓬蒿丛生。"月"含着眼泪和我告别：原来她那多病的妈妈为了让她留在身边，要把她许配给一个比她大18岁的医生，因为这位医生正在给"月"的妈妈治病，由于医生的家庭出身不好，结婚问题也成了老大难，但是，他有一个医生的职业，嫁给他可以留在青岛。为了母亲，"月"不能离开青岛，离开多病的母亲，在那时，也许这是留在青岛的唯一的出路。泪水模糊了我的眼睛，我默默地呆立在山的陡坡上，看着"月"远去的背影，很久，很久，还听到"月"在秋天里抽泣！

我知道叶子对树的依恋。只是风是那么地大，叶子还没来得及看一眼

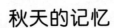

深爱着的大树就被吹到了另一个不知名的角落．叶子不会再说什么了，惟有轻轻地闭上眼睛，安静地面对化做泥土的命运，这是上帝的安排，无法抗拒，更无法挽留。也许，我们只是树上的一片叶子。

我经常怀着满腔的虔诚站在大海栈桥旁边的沙滩上，站在榉林山寂寞小径的枯草旁，站在昏暗悠长惆怅的树林里，更多的是像现在这样爬上山顶，望着天上的明月，默默地祈祷她的明天平安幸福。

日出日落，我响应"知识青年到农村去"的号召去农村插队漂流异乡不知过了多少个秋天，在凄风冷雨里，在乡村田野中，我的等待执著如初，如火如荼。苦苦的相思，苦苦的等待，等待"月"的消息和明天的归宿。

无边无际的思念，憔悴了蓬勃的青春和生命，我却恪守着最初的纯真。在家乡的深秋，失去的光洁只是为了奉献满腔的果实，多想和你过一个祥和富足的冬天。但是，那只是一个梦，一个甜美的梦。深夜，月光如霜，我经常孤独地在无边的田野漫步歌唱。

冬天，洁白的雪花飘落，掩埋了我秋天的记忆，但是，我的双眼布满了晶莹的泪珠，我盼望"月"的倩影突然出现在村头，也许此情此景只能在梦中实现。

农村的冬天，来了，又去了，我每天从事着人类最原始的播种，收割，享受风雨和丰收的喜悦，让我心中那份深深的爱恋随着冬天的温度缓缓地降温，昏沉沉地睡去，让我曾经那些累累的往事轻轻地冬眠。我想：当时还在黑色土地接受"再教育"的我，爱恋尚存于这份麻木中，又是多么难得啊？

40年过去了，我再度漫步榉林山，山没有改变，树没有改变，秋没有改变。可是，头上的白发，额上刻划的皱纹掩盖不了岁月的蹉跎。我不知道在山上寻找什么？期待什么？还又有什么能让我期待？大自然所给的颜色和感觉都是麻木的，我在想，是不是自己这些年来变麻木了？听朋友说，"月"的丈夫已经在三年前离去，她有两个女儿，现在在上海的小女儿家，她在那里生活的还好吗？

我沉浸在秋天的记忆中，然而这只是记忆，记忆永远都只能是过去。这到让我惦念起我插队的第二故乡来！那里清幽，同样的季节，却有着不同的风景，成熟的高粱、谷子、玉米、地瓜秧苗构成的世界也很美丽，甚

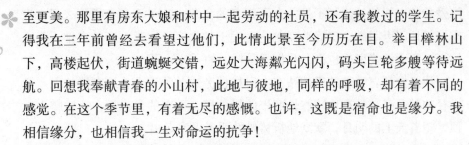

至更美。那里有房东大娘和村中一起劳动的社员，还有我教过的学生。记得我在三年前曾经去看望过他们，此情此景至今历历在目。举目榉林山下，高楼起伏，街道蜿蜒交错，远处大海粼光闪闪，码头巨轮多艘等待远航。回想我奉献青春的小山村，此地与彼地，同样的呼吸，却有着不同的感觉。在这个季节里，有着无尽的感慨。也许，这既是宿命也是缘分。我相信缘分，也相信我一生对命运的抗争！

月亮升起来了，月光下，我感受到在冬天的背后春天已经启动。小草明天会更绿，树叶会更蓬勃地挂上树梢。我们的青春逝去不会再来，但我的希望还在燃烧，月亮隐身，太阳升起，朝霞更灿烂，明天也许会更好！

如霜的蓝月亮

回乡散记

题记：三十多年过去了，我的第二故乡永远萦绕在我梦里，环绕它的青山、绿树，霭霭烟雨，还有那崖、那水、那桥、那乡亲的笑脸，永远地留在我的记忆里。小村是我的青春梦，我的悠悠故乡情。

转眼间，从农村返回城市三十多年了，插队时候发生的有些事情就这样在心里困惑了很久，不敢回头。现在想起来，当年响应号召的我们，走过那段风风雨雨的日子，现在重新在城市建立了家，也已经是很幸运了。闲暇之时经常想去看看我们当年插队的小村，村头的小河，绿纱轻掩的知青屋。我不时地问自己："那里还有我当年的歌声，河边飘逸的柳絮，洗衣服的石板和经常伴我入梦乡的乡村伙伴吗？"

在 2006 年的秋天，我终于又回到了阔别多年的当年插队的小村。我们的小村还是静静地坐落在潍河旁边。绿树，红瓦，炊烟袅袋。小桥，流水，土路弯弯。下了公共汽车，走过一条弯弯曲曲的公路，穿过一片白杨树林。再跨过一条几乎没有水的蜿蜒小溪。哦，我的第二故乡到了。远处咩咩的羊叫声与或远或近的狗叫声此起彼伏，小村的房子变得我难以认识了。村头路边有一棵大槐树，原来是老队长上坡敲钟全村劳动力每天背诵"最高指示"的地方，现在开设了一个烟酒店，当年的大队长（革委会主任）郭有功就是烟酒店的老板。记得在我们插队的时候，他已经有四个孩子了，其中三个女儿，一个儿子，他的三个女儿曾经跟我上过学，当年我是村里的民办教师呢。现在，他的小儿子和一个女儿已经去城里打工了，那两个大女儿早已经嫁到邻村。小儿子郭平把个五六岁的强强甩手扔给两个老人。

郭有功今年六十来岁，有点驼背，虽然只是读过初中，但是在"文革"时候却是村里的文化人，他在"文化大革命"中起来造反夺了村委大权,是他带着村里的全体领导成员去公社把我们接到小村。在农村插队的日日夜夜,他曾经是决定我们知青命运的核心人物。

郭有功看到我的到来,高兴得两眼眯成一道缝儿,急忙跑出来握手:"真想你。怎么也不来看看老乡啊!"

"忙啊,今天休假,这不是来看你们了吗?"我说。

一个剃着光头,顽皮的男孩凑上来对着我的数码相机镜头做着鬼脸,"强强,不要调皮。"郭嫂急忙喊着孙子。

郭有功的儿子郭平和妻子去城里做建筑工人,把孙子留给了老两口,老两口开着小店。照顾着孩子,由小女儿和女婿经常来家帮着操持地里的活,也落得清闲。

"村里现在还好吗?"我数落了几个熟悉的至今难以忘怀的名字。

"亮子已经去了内蒙,做贩牛生意,很少来家。喜子开了个豆腐坊。天贞开了个磨房,对外加工面粉。明海现在可阔气了,他女儿嫁给了潍坊市的政府官员,儿子开了个汽车修理厂。"听到郭有功的介绍,我不由地佩服起眼前这位70多岁的老人,他的思维还是那样敏捷,记忆力还是那样的好!

"晓红的两个儿子怎样了?"我急切地问。

晓红是1968年我们一起插队的知青,当我们来到农村的第一天,大队里就安排我们听贫协主席张大川给我们知青做忆苦思甜报告,张大川在台上声泪俱下地诉说了他家的苦难史,他的爷爷是外村来逃难的孤儿,被老爷爷收留。他的父亲也是外村来逃难的孤儿,被爷爷收留。他自己也是外村来逃难的孤儿,被父亲收留,几代人都没有结过婚,娶上媳妇,他那年已经38岁了,还是光棍一条。他的号啕大哭震撼着会场,也震撼着我们城里来的15个知青的心。晓红姑娘是我们学校的高中毕业生,是我们知青组的副组长,善良、美丽,是我们学校同学和知青男生仰慕追求的偶像。她当时神情激动,要求发言。她的发言使我们大吃一惊,她决心在农村扎根一辈子,把自己嫁给38岁的贫协主席张大川做媳妇。村民们吃惊的原因是:贫协主席张大川好吃懒做,是个标准的二流子,"文化革命"起来造反,才跟着郭有功当了贫协主席。农村姑娘谁也不愿意嫁给他。这么漂亮的城市姑娘嫁给他岂不是鲜花插到牛粪上吗？知青们吃惊的是，我们来的第一天就走了这样一位好同学，对她的行动也是感到既惋惜又敬佩。当时我是知青组的组长，在那种形势下，没有别的选择。立即上台发言，表示支持晓红的革命行动。在一个阴冷的风雪天，我们送走了晓红，她做了贫协主席张大川的媳妇。后来，她给贫协主席张大川生了两个儿子，她成了全县，甚至全国知青扎根农村的典型。但是，人不是钢铁做的，农村的艰苦，两个孩子的拖累，加上张大川好吃懒做，她病倒了，得了肝炎并且肝硬化腹水，很年轻就离开了人世。贫协主席张大川没有尽到丈夫的责任，好吃懒做的恶习不改，妻子离去不久，他也一命归天了。可怜的两个孩子幸亏有村领导和众乡亲的帮忙，现在已经长大了！

看着我着急的样子，郭有功介绍说："他的两个儿子始终得到了党和政府的关怀照顾，现在已经在城里安了家，在集体企业打工了。"

听到郭有功的叙述，我感到有些释然，总算得知老同学的孩子的前途有了归宿，也能使晓红的在天之灵得到安慰。但是由于村里的熟人大部分都不在家，任凭分到手的土地荒芜反而去城里打工，我又感到茫然。我想起了村南的学校和我当年的自留地和在地里栽下的梧桐树，告别了郭有功，我奔向了南崖。

我的青春献给了这里，因此，这里的一草一木都勾起了我太多对往事的回忆，看到村里乡间小路已经修了水泥路，心中感慨万分。

南崖有村里一百亩土地，由于地势高，过去村里把学校，磨房，发制品加工厂和村民的自留地都设在这里。在靠近公路的地方，有一片小树林，矗立着一处小山包，据说是清朝状元陈官俊的墓地，他曾经做过皇帝的老师，因此，他的墓地就这样气派和风光。南崖的土地由于地势高，灌溉费事，因此多种地瓜和间种玉米，还有当年队中分给大家的每人4厘地（相当于现在的1分2厘）。我的自留地就在村头，由于离村太近，村民的鸡鸭经常前去捣乱，我就干脆栽了40棵梧桐树，在我离开村回城的时候，40棵梧桐树已经有碗口粗，可以做房屋的檩条了。我的梧桐树现在还在吗？怎么没有看到呢？我在南崖寻找着我的树。我惊异看到：许多地荒着，长满了杂草，有的土地栽种着地瓜和玉米，长势却不怎么样。

一个 50 多岁的妇女和一个 60 岁左右的老汉在地里择菜，我向他们招招手，他们急忙从地里走出，看到我的样子，诧异地问："您找谁?"

"您是陈乃田吧?"我看到，站在我面前的乃田虽然已经是标准的农村老汉，但还有当年那个聪慧英俊的模样，我们插队的第一年他是生产队的会计，我是记工员，我们每天都在打交道，在寒冷的冬天，我曾经在他家里吃过热地瓜，喝过玉米粥，他妈妈的热情，他妻子的贤惠，还有他女儿燕燕的名字也是我给起的。我怎能忘记他呢!

"你怎么知道我? 你是谁?"他诧异地望着我询问。

"我是于向阳，当年的老知青，你当年的弟弟回来了，您不认识吗?"听到我的谈话，他非常高兴，"你离开 35 年了，没有想到还能见到你，欢迎你回来。"急忙招呼妻子，"回家，带向阳弟弟回家!"

"我当年栽的梧桐树呢? 怎么我找不到呢?"

"你栽的梧桐树在 1976 年大队就用它盖了学校，那块地分给天福家当了宅基地。现在已经盖成 2 层小楼了。"我顺着陈乃田的手指望去，果然前面有一座 2 层小楼。和红瓦绿树的村办学校在一起。对于我栽下的树能为村里的教育出把力，我感到欣慰!

我跟着陈乃田回到他的家里，这是一个很讲究的普通的农家小院，黑漆的大门，宽敞的院落，迎面是 5 间灰砖红瓦的房子，左边是厨房，猪圈，厕所，右边的两间厢屋可能是仓库。室内厅里摆放着 29 寸彩电，旁边有音响。墙上挂着两幅字画。我想：到底陈乃田是个文化人，室内布置也如此雅致!

"大娘呢，她老人家好吗?"我问。

"早已经故去了!"听到这句话，心头一紧，一股热泪涌出眼眶：多好的大娘，在冬季的寒风中，跑到我们知青组，让我去她家喝一碗玉米粥，吃一个滚热的甜甜的红薯。给我留下不可磨灭的记忆。我想起了陈乃田的女儿小燕子，当时，小燕子的名字还是我给起的呢，就问："燕子现在怎样了?""她就在村里开了个挂面厂，我让她来家。"说完，陈乃田拨通了电话。

燕子从小就是乖巧听话的孩子，喜欢依偎在奶奶身边，帮助奶奶做很多事情，上学学习很好，从来不让家长操心。初中毕业后就回到了村里，仍然愿意守着奶奶。她心疼奶奶那双精瘦且骨节粗大长满了老茧的手。她特别懂事的是，每次看到陈乃田从外面做事回来筋疲力尽的样子，她都会问，爸爸，你上炕休息，我给你倒水；妈妈，衣服我来洗，我先给你捶捶背。把三个老人哄得团团转，后来，找了个女婿，就在村里开了个挂面厂，好多大超市都来要货，生意很红火。我们知青回城后陈乃田又有了一个儿子，很聪明，懂修理汽车的技术，现在在村里开了个汽车修理厂，一家人的日子过得红红火火，村里人谁见了谁眼红！

"爸爸，谁来了？"随着清脆的话语，一个打扮入时、面目清秀的姑娘出现在我的面前，难道这就是当年的小燕子，谁又能看出这是个农村姑娘呢？"这是……?"小燕子看到我有些迟疑地问。

"这是你的向阳叔叔，当年在村里插队的知青。"陈乃田介绍说。

"我知道了，我的名字还是你起的呢！我经常听奶奶谈起你。"姑娘高兴地说。

在吃饭的时候，我和陈乃田谈起了村里闲置的土地。陈乃田说"近年来。村里人纷纷外出打工赚钱，把分到手的土地都荒在那里，许多土地杂草丛生，野兔子也在草地出没。幸亏今年中央出台了免除农业税的新政策，估计今年秋天村民能回来种这些荒地。眼看要到秋分，种麦子的季节快要到了，今年可不能让土地再荒下去了。"说到这里，陈乃田又谈起了他的计划：明年把村后的大沟承包下来，改建成养鱼池，再在他分的地里盖上塑料大棚，种蔬菜，再加上挂面厂，汽车修理厂，估计全家一年收入几十万没有问题。

看着眼前这位普通的农民，我心中油然升起一股敬意，在党的富民政策鼓舞下，有多少农民成了企业家当上了大老板。

在陈乃田的陪伴下，我看了村里现在的环境和房屋。看来，昔日的小村已经进行了统一规划，原来破旧的房屋没有了，弯弯小巷也没有了，取而代之的是整齐的村街，红墙碧瓦的小屋。小村依旧是青山葱翠，绿水长流，芦花在风中轻笑，荷花在水中静默不语。

"大哥，你怎么来了？"面前一个胖胖的中老年妇女向我喊着。

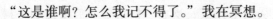

"这是谁啊？怎么我记不得了。"我在冥想。

"我是袁玉风，我家从东村搬到西村来了！"

哦，我记起来了，她就是我们知青组的第二个嫁给老乡的姑娘。她怎么变成了这样啊！原来她是全组最年轻、最漂亮、最苗条的姑娘。

插队来到农村时，她才15岁，走到田野，第一次感受到这样优美的田园风光，不禁被这里的景色给陶醉了。摘一颗酸甜适口的山杏，尝一颗红得诱人的樱桃，吃一口农家田里的黄瓜……这里的一切对于她来说都是那么地新奇。但是，她们女知青的大姐晓红出嫁走了，也给她带来强烈的震撼。那夜，她哭了，为了自己的大姐嫁给了贫协主席，她哭了。但是，从那天起，她开始了尿床，因为那时我们没有知青自己的房屋，只是住在房东老乡家的大炕，她夜间尿床，别人的被褥也湿透了，这就引发了女知青之间的矛盾。农村有个说法：这种病，嫁人就好了，在房东陈大娘的撮合下，袁玉风嫁给了农村供销社领导的儿子，那年她15岁！她后来也在东七村的供销社干了售货员。

我们回青岛就业的时候，由于她已经和当地人结婚了，就没有回青岛。

"你现在怎样了？还在供销社吗？"我问。

"我退休了，两个儿子都就业了，我就不干了……这里空气好，粮食，蔬菜都新鲜。我这辈子就这样了，现在，我们的村子真的'甜'起来了，也不再是苦的啦。"

听到袁玉风爽朗的回答，看到她那饱经风霜的脸，虽然年纪显得比实际年龄老气，但是身体很硬朗，不像我们这些回到城里的老知青，许多人都腰酸腿痛，还有高血压，心血管病。

我不由地感叹道：是啊，现在的乡村已经富起来了，这里曾留下了我们的足迹，留下了我们许多美好的记忆。我们把美好的青春奉献给了这块黑色的土地，这里有我们难以割舍的故乡情结。

太阳落山了，是到了我离开的时候了，我的身边聚满了乡亲，我的眼眶里融满了泪水，告别了陈乃田、袁玉风、郭有功等众乡亲。再见，乡亲们，再见，我的第二故乡！

如霜的蓝月亮

悠悠情思青春泪，甜甜乡音牵肚肠，回回首，38 年过去，我们的汗水，我们的热泪，我们的青春，都留在了小村的黑色土地。我的第二故乡啊，你会永远萦绕在我梦魂里，环绕你的青山、绿树，霭霭烟雨，还有那崖、那水、那桥、那乡亲的笑脸，永远地留在我的记忆里，小村，是我的青春梦，我的悠悠故乡情。

昨日的故事始终荡在我的心弦，在漫天霞光中已写进了今天的风景线，挂牵在心头，牵挂在潍河的两岸，随潍河的流水奔向明天！

第二辑　浪花在倾诉

孤独的老人

　　大约还是在 20 世纪，家中老屋拆迁，经朋友介绍，搬到团岛湾海边的一排破旧的工棚临时居住。虽然房屋破旧，临时水、电，但每天观海听潮，经常去下海挖蛤蜊，拣海菜吃，也别有一番滋味。

　　在我们住的工棚后面有一个小屋，可能是以前民工的厨房，那里住着一个年迈的老奶奶。看她满脸纵横的沟壑，估计可能已经 70 多岁了，而那佝偻着的腰身，似乎已经承受不起生活的重负，永远直不起来了！老人每天都用个编织袋，从垃圾堆里翻捡出各种各样的废品：烂塑料布、空可乐罐、旧书废纸，有时候还会看见人们丢弃的破旧衣裳……她住的工棚里外都堆满了塑料、旧电线、废铁、木柴等各种物品，难闻的气味使人窒息。

　　刚搬到海滩，第一次遇见这位老奶奶，我就问她："您老人家怎么在这里居住？"老人说："一个人住清静。"我妻子看她可怜，经常在做好饭、包水饺的时候给她送一些吃。邻居告诉我，这位老人原来住在贵州路，只有一个儿子，因为家里房屋拆迁在台西三路分了一套二居室，但由于和儿媳妇有摩擦，不愿意回家，就住在这海边了。他老伴已经逝去，而自己没有工资，每天在海边拾破烂维持生活。她的儿子每个星期日来看她，想接她回家，但老人就是不回去，怕儿子和媳妇为自己闹矛盾。

　　一天，我下班回家，看到老奶奶坐在海边的小路旁发呆，当看到我的时候，急忙招呼我："孩子他大哥，你给我打个电话吧！"她和我说话的时候，我看到她的牙齿已经全部掉光了，两只苍老的黑乎乎的手从怀里掏出一张小纸，原来他儿子这个星期日没有来看她，老人在着急呢！我取出手机，按照老人提供的号码：拨通了，原来，她的儿子是一个企业的领导，工作很忙。由于企业改制，星期天没有休息来看妈妈，造成老人挂念。我批评了老人的儿子，让老人和她儿子通了电话。老人的脸上流露出微笑，她掏出了两个一毛的硬币递给我："拿着，这是我用的电话费。"我说："不用了，大娘，天黑了，我扶你回家吧！"老人说："我有钱，我每个月给儿子一百元，这个月他没有来拿。我卖废品挣的，花不了啊！"我没有要她的硬币，她看来很高兴，叨叨着说："你真是好人，菩萨保佑你长命百岁。"听着老人的叙述，看着老人这样子，我的眼睛湿润了：母亲，这就是母亲的心啊！

　　现实社会中，社会老龄化是一个急需解决的问题。孤独的老人谁来陪伴照顾？家庭和睦、老人幸福安度晚年是社会文明的具体体现，可实际上和现代文明的一切都隔了不知道有多远。就是这样一位老人，用她佝偻的身躯默默地负着生活的重担，用她枯瘦的手操持着家庭，用她淳朴的心照顾着自己，关心着孩子，这是一种何等的伟大和高尚，而老人的后辈，又应当怎样处理好自己家庭的关系，善待自己的老人，让老人安度天年呢？

我与地瓜的不解之缘

地瓜，学名甘薯。现在市场上已经少见了，但是，只要有，我就会买，家中的粮食储备始终不间断地瓜。

传说在明代万历二十一年，最初把甘薯种传到我国的是福建的一个华侨，名叫陈振龙，他是福建长乐县人，常到吕宋经商。他发现吕宋出产的甘薯产量最高，而统治吕宋的西班牙当局却严禁甘薯外传。于是他就耐心地向当地农民学习种植的方法，并且设法克服许多困难，在海上航行 7 昼夜，终于把甘薯种带回福州。后来山东、河南、河北等地普遍种植甘薯，各地的农民们逐渐对甘薯的好处有了认识，甘薯的种植才逐渐普遍了。

也不知为什么，多少年来，我一直喜欢吃地瓜，记得还在刚懂事的时候，那时买粮食需要购粮证，每户按照比例供应，大约 2 分钱一斤，一斤粮票可以买 5 斤地瓜。每到秋季供应地瓜的时候，爸爸总是带我们去粮店买出全部的粗粮指标，一堆大地瓜，放在家里朝阳处。经过太阳晒后煮出的地瓜有黄瓤的，红瓤的，甜甜的，软软的，可好吃了。

记得"三年自然灾害"的时候，粮食紧张，没有副食品，饥饿使我们都患上了浮肿，营养不良，人们在四处寻找可以吃的东西，哪怕是树叶、草根，只要能填饱肚子就可以了。

那时我的父亲在青岛的郊区城阳耐火材料厂上班，每到星期日就带我们乘坐马笼子火车去厂里，因为厂子的外面就是大片的地瓜地，农民秋收过后，地里还漏下许多地瓜和地瓜叶，我们就拿着铁锹去翻找。当时取名为"倒地瓜"。

看到别人从土堆里找到地瓜，我很是羡慕，同时也感到高兴，如果自己在土里找到地瓜，我就感到欣喜若狂，在田里高歌起来。毕竟那时粮食紧张。一天卜来，也能从土里倒出十几个小地瓜和半袋子地瓜叶。晚上，和爸爸一起坐着马笼子火车回到家，看到妈妈的笑脸，兄弟姐妹们吃地瓜的香甜，总是感到满足，自己宁愿一个也不吃，也喜欢看兄弟姐妹们吃地瓜的表情。所以，无论在什么时候，每看到地瓜，总能勾起我对地瓜的无限深情。

1968年，我响应党的号召插队农村，我们去的那个村庄百分之七十的土地种地瓜，因为地瓜是高产作物，为了养活村庄越来越多的人们，多种地瓜是当时农民活命的保证。我们知青的主要食粮也是地瓜干和萝卜咸菜。在艰苦的"接受贫下中农再教育"的生活中，我学会了用地瓜做好多食品：用地瓜面炸麻花，用地瓜做粉条、粉皮，用地瓜面包包子，做花卷、炒地瓜丝、拔丝地瓜、棉籽儿油炸地瓜片，用地瓜豆做甜饭、地瓜加玉米面做发糕，等等，村里的好多姑娘媳妇都跟我学习地瓜巧做的方法，这也是一段当年的乐趣。

我对地瓜确实是很有感情的。我并不羡慕富人的"酒肉日日伴，烟茶时时随"的生活。因为我的童年时代是在艰苦中度过的，爸爸，妈妈一共养活了我们7个儿女，还有奶奶、老娘，一大家人，仅仅吃饭就成了父母的沉重负担，而那时，地瓜是最便宜的食品。我们都在为了吃饭而努力，哪里去寻找诗情画意。在流逝的岁月里，我们插队去农村的兄弟三人虽然返回了城市，又在企业经历了许多变革，迎来了白发斑白的今天。深切感到，是地瓜把我们喂养大，地瓜让我的生命得以延续。

1995年美国生物学家发现，甘薯中含有一种化学物质叫氢表雄酮，可以用于预防结肠癌和乳腺癌，地瓜又成了抗癌明星食品，更加深了我对地瓜的认识和感情。

据《金薯传习录》所载，地瓜还有6种药用价值：一可以治痢疾和泻泄；二可以治酒积和热泻；三可以治湿热和黄疸；四可以治遗精和白浊；五可以治血虚和月经失调；六可以治小儿疳积。现在的科学家研究表明，地瓜处处是宝，应当提倡吃地瓜。

所以说，我对地瓜的感情是真实而深厚的，我与地瓜已经结下了不解之缘！

来自天堂的爱

他悄悄地走了，把爱留给了妻子和孩子——

天空还是湛蓝湛蓝的颜色，太阳高挂，路上行人很少，只有知了在树上不停地叫着。秋热是我们岛城的一个特色，但是就在这样的一天，发生了一件悲惨的事情：

这是去年我还在一家房地产公司打工的时候看到的事情：这家房地产公司设在榉林山东边的一个山坡上盖的 11 层的楼座，下面有三层网点，我们的办公室就在三楼，登上四楼是个大平台，连接太清路，平台上还有 8 层居民楼。

那天是初秋的一个中午，我和工程部的李勇、陈刚两位工程师正在办公室研究一个项目，突然从窗户外面落下一个黑色的影子，像一只黑色的大鸟掠过窗户，跟着，地面传来一声沉闷的声音和凄惨的呼救声，呼救声越来越弱……我和李勇、陈刚两位工程师急忙趴到窗口看，只见一个 60 岁左右的男性躺在地上，他的头发已经花白，从他的口、鼻子、耳朵流出了鲜血，只是手足还在无力地挣扎。我们急忙打电话给 120 救护中心并向 110 报警。这时有许多街坊邻居和路人围了过来，不一会儿，警察来了，医生也来了，人被抬走了。地面上只余老人留下的两滩红色鲜血，像两朵大大的鸡冠花。

死亡是痛苦的，能撇下亲人下定死亡的决心更是痛苦的。他已经是个 60 多岁的人了，是什么原因使他做出这个愚蠢的决定？

我们看到，连接太清路的大平台上有一个高达一米五的围墙，旁边有煤气管道，如果两手把着管道，翻上围墙对于一个 60 多岁的人来说，也不是一件容易事情，特别是一位孱弱的老人，"他为什么奋身从楼上跳下，为什么而死。心里面想了些什么？既然已下定决心告别这个美好的世界，为什么又要艰难地呼救呢？"我辗转反侧，彻夜难眠，脑子里写满了大大的问号。

第二天报纸的新闻很快就出来了，这个老人是跳楼自杀，他的家住在旁边的桦林新村一号楼上，管理物业的朋友讲述了他的故事：

当救护人员把死者抬往医院，他在路上已经停止了呼吸，在他的口袋里有一个笔记本和身份证明，笔记本上的文字告诉警方和医生，他是附近桦林新村一号楼居住的业主，因为工厂效益不好，早已经下岗，后来办理了退休。妻子也已经退休，女儿还在上学。最近一次查体，他被医生告知他得了白血病，这个消息像一声晴天霹雳。他无法面对这样的事实。

他去了好多家医院，拜访了许多名医和专家，知道治疗这个病要花几十万人民币，这个数字对于一个 60 多岁的经济困难的老人来说意味着什么？

他最后一次拜访医生：问自己的生命还有多久？医生摇了摇头。问自己每天治病要花多少钱？医生说出的数字对于已经退休的工人来说无疑是天文数字。

这位老人就是为了妻子和孩子过得更好，不拖累她们，才选择了自杀，他的信早已经写好装在上衣口袋里的，钢笔字歪歪扭扭："我管不了你们了。为了不拖累你们，我没有动存款，我走了，孩子要好好争气，照顾好你妈妈，你们要好好活着。"

听到物业主任介绍的那一刻，我明白了，从楼上落下的老人，在走向天堂的时候，他想了些什么。

他走的时候仍然放心不下他的妻子和孩子，把仅有的储蓄留给了妻子和孩子，带着太多的留恋和太多的无奈，放弃了这个他心中曾经很美好的世界……

物业主任介绍，老人从年轻时就工作在一个军工修船厂，在船上干敲铁锈、喷船体油漆工几十年，在他们的工友当中，许多人先后患上了癌症或白血病，离开了这个世界。这种病是他们企业典型的职业病。

在这个世界上，他有太多的无奈！只有带着无限的眷恋选择去天国，把爱留给了妻子和孩子！

如霜的蓝月亮

一棵倒长的樱桃树

　　平平今年就 7 岁了，秋天就可以背起书包到学校成为一年级学生了，他的爸爸李刚是企业管理局开面包车的汽车司机，每到五月樱桃熟的时候，他就格外忙。每天拉着客户上崂山去吃樱桃，平平每天盼望着爸爸早点回家，好听爸爸讲山上的新鲜事和崂山动人的故事，也盼望着有一天，爸爸带着妈妈和自己一起去山上吃一次树上刚摘下的樱桃，想啊想啊，口水就流了出来！这一天终于让平平盼到了。今天晚上，妈妈没有来接平平，来到幼儿园的是爸爸，他开面包车来的。看到爸爸，平平像小鸟一样飞了过去："爸爸，今天你没有去喝酒啊！""没有，今天爸爸来接平平。"来家后，听爸爸对妈妈说：企业局在崂山吃樱桃的定点村子棉花村的樱桃即将被吃完了，只有在山顶悬崖旁边的几棵树还没有吃，但是由于长在悬崖的石头缝里，没有人能上去，村里没有樱桃了，客户的接待也轻松了。因此，企业局就让李刚星期日在家里休息一天。能和爸爸在一起，平平非常高兴，但更加高兴的是，爸爸和妈妈说明天带他一起去崂山旅游吃樱桃，多开心啊，就是不吃樱桃看崂山的风景也好啊！

　　晚上，平平做了一个梦，梦见自己飞啊飞，飞到了崂山的山顶，来到一个悬崖旁边，果然看到有两棵樱桃树就长在石头缝里，怎么还倒着长啊？树冠上樱桃熟了，红彤彤的一片樱桃，树冠朝下，平平想，什么时候能长到地面就好了。平平急忙飞过去，落在树上，张口就吃，真甜！可是，没有筐子，怎么给妈妈带些回去啊？正着急，梦醒了！'太阳已经升起来了。平平吃过早饭，才发现爸爸早已经准备好出发了，面包车后厢爸爸在装一些纸箱，纸箱上画着红色的樱桃和绿色的叶子。"是爸爸准备买樱桃的空箱子吗？"平平有些疑问。

　　汽车穿过热闹的街市、长长的隧道、绿色的田野和蜿蜒向上的盘山道，来到了一个被绿树拥抱的小村，村头有几家装潢漂亮的大饭店，爸爸把车开进了东风饭庄，一个漂亮的阿姨经理接待了爸爸妈妈，当他们高兴地从车上搬下纸箱，平平才发现，纸箱里装的是樱桃，是红色的樱桃。女经理把箱子分给了许多拿筐子的叔叔和阿姨。

"为什么咱们从城里往这里送樱桃呢，这里树上长的樱桃呢？"平平歪着脑袋天真地问爸爸。

爸爸说："你不懂，小孩不要乱打听事情。"

樱桃还剩下最后一箱，漂亮的女经理让一个阿姨去厨房洗干净放在桌子上大家一起吃。

接着女经理交给爸爸许多钱，说："共 200 斤，按照 10 元一斤，每斤进价是 5 元，加价 5 元，共 2000 元。"爸爸笑着把钱装进口袋。

平平吃了几个樱桃，心里还惦记着那棵倒长的樱桃树，悄悄地溜出房间，走出院子。院子外是一条大道，前面有许多摆摊子的叔叔和阿姨。咦？这不是刚才来饭店买樱桃的阿姨吗，怎么箱子里的樱桃都装进了竹筐，阿姨在不停地喊着："刚摘下的樱桃，便宜卖。25 元一斤。"平平走上前问："阿姨，那棵倒长的樱桃树在哪里啊？"

"在大山上，可高啦！"阿姨说。

"那棵树的樱桃有卖的吗？"平平疑惑地问。

"这就是啊，小朋友，快叫你爸爸来买吧，一会儿就没有了。"

听完阿姨的回答，平平看到城里来吃樱桃的汽车已经在道路上排起了长队，几个警察叔叔在维持秩序，许多人从汽车上跑下来买樱桃，这些樱桃是爸爸从城里拉来的啊！怎么阿姨还撒谎啊？

"你骗人。"说完后平平跑回饭店的院子里。

爸爸和妈妈正在院子的各个房间找平平呢？看到平平跑回，满脸气冲冲的样子，问："怎么了？"

听完平平的叙述，爸爸说："小孩子，有许多事情你不懂，咱们上山去看那棵倒长的樱桃树吧！"

爬山，平平可高兴了，跟着爸爸妈妈爬山，经过一片片樱桃园，看到樱桃都已经采摘结束，吃樱桃的人络绎不绝在寻找着幸存的树，也有许多人抢购起了路边阿姨、叔叔的樱桃。山顶到了，平平终于看到了悬崖上那红色的一片，是梦中的那棵樱桃树，它一定很甜。倒长的樱桃树什么时候能长到山下，长到城里呢？看来只有在梦中了。

晚上，平平好累，好高兴，他又做了一个梦，梦见那棵倒长的樱桃树长到家里了，好甜啊！还梦见爸爸又拉来好多好多的空箱子，装上真正的崂山红樱桃，他没有送给饭店的女经理，而是送到了幼儿园，送给许多即将分手的小朋友！

第二辑　浪花在倾诉

铁路挂钩

俗话说：满足就是福，挑剔得太多也许会更惨。

记得在六七十年代，工作很难找，没有正式工作的男青年很难找对象。我们住的院里有一个姑娘名叫美玉，年方二八、长得面如桃花，樱桃小口，身材高挑儿，水蛇腰，真是如花似玉，百里挑一的美女，她一直想挑一个工作好、工资高、模样好、当干部的青年。但媒人介绍了一个又一个，介绍的当官的不是模样没有看中，就是年纪太大，模样好一点儿的大部分都是临时工，始终没有如愿。终于一天，一个身材魁梧、高一米八的青年落入姑娘的眼帘。

那一天，岛城下起了秋雨，美玉骑着自行车没有带伞，浑身淋了个落汤鸡。马路上积水很多，不巧马路上一块藏在水里的石头把自行车轮子垫了一下，姑娘被摔到水里，有个叫高明的小伙子恰巧从旁边路过，赶紧上前扶起姑娘，把她送回到家中。看到眼前的小伙英俊清秀，她心中一动。姑娘问："你在哪里工作？"答："铁路。"问："什么工种？"答："铁路挂钩！"姑娘一听是铁路工人，高兴极了，很快就以身相许了。结婚后，两人恩恩爱爱，倒也生活得愉快，但青年很少谈起厂里的事情。姑娘感到有点疑问：为什么丈夫工作没有星期天呢？这一天，姑娘抱着好奇的心理悄悄地跟在上班的丈夫身后探个究竟。

"咦！"丈夫高明怎么在四方机厂门口停下了脚步，姑娘简直不相信自己的眼睛。她看到高明在一个倒扣的水缸做成的地瓜烤炉前生起了火，从传达室搬出一个筐子，筐子里装满地瓜。"难道他在烤地瓜？"姑娘诧异地大喝一声："呔！你怎么在这里上班？"高明一看见新婚的妻子来了，脸红了一下，笑了起来。"这是铁路工厂门口啊！我们烤地瓜不都用挂钩吗？

是你自愿嫁给我的。为了娶你，我可用了我的全部家产啊！"美玉一听，放声大哭跑回家里！

　　但从此，美玉经常出现在四方机厂门口，帮助丈夫打理地瓜烤炉，日子倒也过得顺当！

第二辑　浪花在倾诉

卖　枣

俗话说：无商不奸，过去如此，现在也是如此。

20世纪90年代，正是改革开放的初期，朝阳旅馆的王清和袁晗都是旅馆的店簿登记员，每天接待全国各地来的客人，当他们看到许多买卖人住进店里，每日挣钱不少，也感到眼热，寻思跟他们学习做点小买卖，利用业余时间挣点银子。一日，二人接待了一位山东乐陵来青岛做买卖的客人李强，谈起李强家乡乐陵大枣的好处，山东乐陵的李强客人答应协助王清和袁晗进一车乐陵枣。

天天盼，日日催，李强把乐陵枣终于给进来了，进了一车2000斤。王清和袁晗高兴极了，动员了两人的全家和许多朋友帮忙，在大街小巷，市场设立批发加零售摊点，终于在一星期内连批发加零售卖完了。一结账，短秤将近100斤。差不多把利润搭进去了，去了吃饭和交纳的税金、卫生费，等于白忙活。这下子，王清和袁晗的妻子埋怨，朋友们也责怪，王清和袁晗两人一商量，就怒气冲冲地找乐陵客人李强算账去了，李强在旅店房间听完他们的叙述，哈哈大笑。说："咱们当时都过秤了啊！怎么会短秤呢？可能是你们都送给买主了吧！你们到我的库房看看吧。"说完，带着王清和袁晗来到他的库房，只见库房里有三个工人在用毛巾蘸清水擦大枣，擦过的大枣红中透亮，个大饱满。他们又跟着来到了市场，看到工人们仅靠批发，一天便卖完了一车，一结账，一车多卖了20斤。

李强笑着说："货卖一张皮，大枣从采购到运到市场，每天都在损失水分，减轻重量，表面皱纹增添了许多灰尘。让工人用清水擦拭大枣，一是为了美容，二是增加质量和重量。你们卖出的价格仅仅是我卖出的批发价格，你们给的基本是朋友和亲戚，每份来批发的秤都很高，能不舍分量吗？"王清和袁晗两人恍然大悟，原来做生意还有这么多学问啊！但是，"用水增加分量，这不是在坑老百姓吗？"面对王清和袁晗的疑问，李强笑着说："这是我们保本求利润的办法，办法还有许多，你们经常做就知道了。"

离开库房，王清和袁晗商量了一下，最后共同决定，从此不做买卖了，这样的经验学不来！

第二辑　浪花在倾诉

卖花女

　　起台风了，海浪狂啸着向岸边扑来，街道上积满了海水。夜已经深了，我踩着海水向家里走去，快过国庆节了，又是我们忙的日子了。我们商业工作就是这样，逢年过节延长营业时间，更忙。每天下班回家经常是午夜11点，为了生活，只有这样拼命地工作！

　　天上又下雨了，寒风冷雨中，传来一个小姑娘的喊声："卖花，卖花！""叔叔，买花！请买一支吧。"一个小姑娘突然出现在我的面前。

　　我打量着这个小姑娘，大约只有10岁的样子，身上的衣服已经湿透，披着一块透明的塑料布。忽闪着两只大眼睛渴求地看着我。

　　"我不买，孩子，快回家吧！"我说。

　　"叔叔，我妈妈病了，等钱看病呢！"小女孩说完，直挺挺地跪在布满海水的大街上。"叔叔，买一支吧，一支一元就可以了。我今天没有卖几支，下雨天，不好卖。"

　　我急忙拉起小姑娘，问："你妈妈怎么了？""她病了，爸爸也病了，他们都下岗了！"女孩哭着说！我看到女孩的眼里闪着泪花，眼神显得那么空洞而茫然。手里捧着一束玫瑰花，期盼地望着我，等待我的答复。风雨中的此情此景，令我神伤！说实话，青岛是个旅游城市，在海边，大街上的卖花姑娘，讨饭老人见得多了，但在这风雨交加的夜晚，在这周围无人的时候，一个女孩子为了生活，跪在雨水中，可怕啊！何况，我也有这么大的孩子！

　　"你家在哪里住？"我问。

　　"我家在小港那里。"女孩回答。

　　我心里想，现在骗子很多，是真的吗？"你家远吗？我去你家看一看好吗？"

　　"好的，不远，我带您去。"小女孩前面引路，来到小港后面的一个大杂院里，院子的房子是20世纪40年代建造的，现在已经破旧不堪。看来也快拆迁改造了。小姑娘打开房门，一股中药味道扑面而来。原来女孩的爸爸前年因为工伤造成腿残疾，在街头卖报纸，妈妈是下岗职工，又常年有病。爸爸的一天的收入只能够吃饭，妈妈看病买药都没有钱。

看到这里，听完孩子妈妈的叙述，我一阵辛酸，眼眶里溶满了泪水。

"孩子！花我全买了，这是买花钱！"我接过了鲜花，扭头向门外冲去。

"谢谢叔叔！"孩子童稚的喊声伴随着我的身影一起消失在黑色的风雨中！

这时，我在想：如果有一天，那些社会的腐败者和新贵们能考虑一下风雨中的乞讨者和卖花者，考虑到下岗失业工人为吃饭买粮无钱而勒紧腰带，去关心一下弱势群体，关心一下孩子的未来，那时，雨就会停，太阳就会升起来了！

她的前世是一只猫

好多年了，只有她一个人在家，但是，她不寂寞——

她的衣着打扮得体而华贵，虽然50多岁了，依然那样动人，她像年轻人一样，发型也很追时尚，两只眼睛看着你就好像会说话。她的房间是一套100多平方米的套二带厅的房子。这是丈夫和她辛苦攒下的钱买的。她有一个漂亮的女儿，一米七还多的个子，像她妈妈一样的漂亮脸蛋。大学毕业后就分配去上海工作了，只有她孤独的一人在家。她就是李萍，是我们小区里的一个热心人。

她的丈夫在船上工作，常年不在家，只有她自己每天守100多平方米的房间，不知为什么，她爱上了养猫。那是一个风雪交加的夜晚，她外出回来，在开单元防盗门的时候看到一个黄色的小猫跟着自己进了走廊，上了三楼。她很害怕，但是看到这个小猫是那样地小，在寒风中发抖，她立时感到不忍心把这个可怜的生命关到门外，她找了一个纸箱，塞上棉絮，又给它一些吃的。小猫在纸箱里高兴得喵喵叫，李萍笑了，笑得那样开心，这是女儿和丈夫不在家她第一次开心的笑。从此，她就和小猫做伴，每天给它洗澡，一起吃饭，像照顾自己的孩子，无微不至地关照着小猫。

小猫长大了，开始发春了，在她不注意的时候，跑到楼外，领回了一只流浪猫，她依然很高兴地接待了这可怜的生命，雇佣工人在凉台垒了一个猫窝，安置了这小两口。

猫的繁殖率是惊人的，几年来，她养的猫已经发展成20多只，她已经腾出一间房子养猫，当丈夫和女儿来家的时候都发出了让她送猫到外面的建议，但是，她固执地摇摇头，丈夫和女儿只得不去管她，因为休假是暂时的，谁又有工夫陪伴李萍啊，只有猫！

李萍每天的工作就是去市场买回许多小杂鱼、馒头、水果、酸奶，喂她的猫咪。她对于猫的热爱胜于爱自己。有一次，一小学生用脚踢一只跑出家的小猫，已经50多岁有些木讷的李萍顿时迅速移动身体，向那小学生猛冲过来，像一只准备捕捉猎物的雄鹰。对于她来说，没有比欺负猫更不能容忍的事情了。

邻居们对李萍养猫很有意见，因为猫的身上不时会发出一种气味，尤其是夏天，走廊没有对流风，从李萍的家里发出的气味令人作呕。但是看到她孤单一人可怜巴巴的样子，邻居们的态度便释然了，顶多是走她的门口掩上鼻子，扫上一眼后匆匆离去。有一些小孩却经常围绕着她的门口，咪咪地学习猫叫着，后来逐渐少了。而李萍在给猫喂食、洗澡的时候脸上的神情是那么地专注。嘴角上扬，还挂着微笑。这种笑憨厚纯净，不掺杂一点杂质。看来，爱美之心人皆有之。但听到人们对她的评论，我心里不禁腾升出一种辛酸的感觉。

邻居有一个算命先生，据说算得很灵。他对李萍说，她的前生是一只猫，后来托生成了人，她很相信，所以，养猫成了她唯一的精神寄托。

我的公司就在这个小区的入口处，每天上班下班都能看到她的身影，也就不由自主地看上她两眼，看到她采购的许多食品，赶回家喂养她的猫。可是，就在一个风雨交加的一天，管理物业的唐主任来到我的办公室，一进门就说："三单元的李萍家里出什么事情了，你知道吗？""不知道啊！"我回答。"你看她的猫怎么了？"随着唐主任的手指，我看到李萍的凉台窗上趴满了猫，20多只小猫在窗台上叠起罗汉，一边用爪子抓挠着玻璃，一边拼命地叫着，是发生事情了，我们和业主委员会的几个邻居急忙赶上楼去。

门紧锁着，只有小猫在咪咪地叫着，群猫的叫声是那样的瘆人，唐主任拨通了110报警电话，警察请消防队员帮助打开了门，只见李萍躺在地上，口里吐着白沫，120救护车也来了，把她送进了医院。原来，李萍患有心脏病，昨晚看电视时间长一点，没有休息好。早上上厕所时候突然晕倒，幸亏这一群小猫。要不真还不知道怎么样呢？

"唐主任，我还要麻烦你一件事情。"躺在病床上苏醒过来的李萍说。

我们大家都洗耳恭听，"我的前生是一只猫，现在，我住院没有时间照顾这些可怜的小猫了，这段时间，帮我照顾一下小猫，它们都饿坏了。"说着，拿出一张红色的百元钞票和她家的钥匙。

几天后，我从窗上又看到了病愈归来的李萍，手里提着从市场采购的食品，脸上带着微笑。

如霜的蓝月亮

我在啤酒厂的第一次打工

20 世纪 60 年代，自然灾害、农村社教、"文化大革命"，那些发生的事情都使我们终生难忘。记得 1967 年 12 月，当时我们学校已经被北海舰队军管，我们没有参加武斗和打砸抢的家庭生活困难的同学逢上了一个打工的机会，就是青岛啤酒厂到学校要部分"临时工"，每天人民币五角，我有幸地被挑中了。当我把这个消息告诉妈妈的时候，爸爸、妈妈都高兴，养了 7 个儿女，终于有能赚钱的孩子了。

初次当工人，妈妈千叮嘱万叮嘱，爸爸把我送到工厂门口。当接到老师傅发给的一套蓝再生布工作服，穿在身上，心中高兴极了，每天带饭盒上班，在我们同龄人面前，也很神气啊。我被分配到刷瓶车间，工作就是每天把 90 斤重的装酒瓶子的大麻袋包搬到工作台前，双手把瓶子装到带孔的传送带里。每次 6 个，两个手臂不停地装。工作虽然累，但也感到充满了乐趣。最值得回忆和自豪的是，我们这些临时工可以和师傅们一样每月可以分到 10 瓶外贸出口不合格的内销青岛啤酒，尽管啤酒没有商标，但我们总是盼望这一天快点到来。

分啤酒这一天是我们工人最高兴的日子。当时买啤酒要计划供应，过年过节才供应每户 6 瓶啊！所以，当我把用麻绳捆扎好的啤酒拿回家的时候，全家人高兴得和过年一样。当时，我们家住的是一个 38 户的大杂院，邻里关系很好。妈妈是个爽朗的女人，她叫东家、喊西家、让邻居都来喝一杯。邻居的大娘、大爷来喝了，总是树起大拇指，"好，孩子中用了。"听到这话，我从心里感到自豪。

一杯杯飘着白沫的散发着香气的啤酒给我家带来了欢乐，也给我们这 38 户的小院带来了温馨。

月底开工资了，我接到师傅发给的 15 元，回家全部交给了妈妈。妈妈拿着我一个月挣的 15 元钱，眼睛里流出了泪水，是高兴的泪水！

记得当时、我带回家的啤酒，我自己从来不舍得喝，连尝一口都不舍得，愿意看到大家尝酒时的笑容。谗得慌怎么办呢，就去找装瓶车间的同学。让他们把酒悄悄地带到货场，我们一起喝，时间久了，走漏了风声，车间里加强了管理。我们就捞不着喝了！

后来，毛主席发表了知识青年上山下乡的"最高指示"，按照上级的指示，啤酒厂清退了我们这些临时工。我在1968年12月插队农村了。转眼间，30多年过去了，这期间，我下过乡，当过教师，又在企业工作至今，无论走到哪里，只要是聚会，就要喝青岛啤酒，看到青岛啤酒，就感到格外亲切，也就会想起那段打工的时光。不知我们当时的同学现在哪里，但是我们家乡的青岛啤酒却已经走向世界，飘过大洋，这是我们青岛人的骄傲啊！

沧海恋歌

从小生长在海边，对于听海潮，看浪花是很自然、很享受的事情。1980—2000年，我的家住在离海边栈桥不远的地方，每天早上起床就跑到海边跟一些老人打太极拳，晚上在海边散步。享受一下潮汐有节奏的歌唱。

我很喜欢音乐，喜欢诗歌。所以，当我在家里写好一首诗歌，总是带到海边去朗诵一遍，自我感受一下效果。有时候谱上曲子，自己给自己唱，或者用二胡拉上几遍，来一个自我陶醉。

大约在1986年的夏天的一个傍晚，太阳的余辉把大地、海面、天空映成一片红色，我和妻子在海边散步，正行走间，远处传来了吉他的伴奏和浑厚的男中音的歌声。那歌声如泣如诉，带有深深的思念之情，不免引起了我们的好奇。可当我们渐渐地走近，却笑不出来了。原来放声高歌的竟然是一个残疾老人，他的两腿有残疾，是坐轮椅车来的。旁边有个女孩，看来像他女儿。他的怀里抱着吉他，车边依次摆放的手风琴、二胡。还有一幅镜框镶好的女人像，面前摆放着苹果、点心等供品，那照片上的女人身穿军装，却没有帽徽和领章，她很美丽，旁边的女孩和她长得很像，难道是她母亲？

看着他们专注地面对着大海，用吉他的旋律伴奏着他的歌。他的嗓音有些沙哑，唱起那首《听妈妈讲过去的事情》，让人倍感生活的艰辛……

姑娘的嗓子很好，她唱的《青藏高原》堪比李娜，只不过她的声音有一种原生态的美丽。

坐在老人对面的石凳上，不知不觉听了许久的歌。在他们的歌声里，忽然念及起许多的往事，忘记了自己的疲惫。尽管他们的歌唱得不很专业，但歌声传递给我的东西，宝贵得非语言可以表达。

我听旁边的游人告诉我，唱歌的老人是1965年去青海建设兵团的军垦战士，他的妻子也是青海建设兵团的战友，两人在青海结婚后有了一个女儿，生活得很美满。但是在一次执行公务的时候，他开的拖拉机为了躲避对面的自行车，翻进了沟里。妻子当时就在车上，没有抢救过来，他的两条腿也永久地丧失了知觉。妻子就是相框里的女人，女儿就是旁边的推车人。按照妻子当时的遗言，把她的骨灰撒向大海，由于妻子喜欢音乐，听丈夫唱歌，所以，每到妻子的忌日老人便和女儿一起对着大海唱歌，以了却妻子的心愿。

旁边的游人还告诉我，老人现在的生活全部由原单位负责，当时按照每月二百多元的生活费发给，现在，可能提到三百元了。他的女儿今年大学毕业，正在寻找工作呢！

大海是老人妻子的归宿，是老人的精神寄托，也是我们海边长大的孩子的精神寄托。浪花是大海的脉搏，它默默地回答着老人，也默默地回答着我们。

在离开他们的唱歌的地方的时候，我妻子轻轻走过去把口袋装的几百元钱全部送给了那女孩，那女孩没有推让过我的妻子，含泪说：谢谢！我和妻子离开了他们然后继续我们的行程。我感到：妻子是个节俭的人，她已经好多年没有将自己身上的钱心甘情愿地捐献过给谁，对于她的行动，我也感到释然。因为我也有好多年没有听到过那么动人的歌声，看到这么感人的镜头了！

大海仍然是我精神的寄托，每到休息日，我还要去海边朗诵、唱歌，因为这是非常快乐的事情。我经常想：为什么要悲伤，为什么要忍受孤独？你可知道，那浩瀚的大海，那白色的浪花，那些走过艰辛的人，用大海的潮汐每天在向我们诉说，每天在向我们唱歌，每天给我们带来快乐！

苦菜花

苦菜的嫩芽可以制作茶叶，这是我第一次听说，也是第一次品尝。周日，朋友送给我一包苦菜茶，说饮用苦菜茶可以去火化痰，排毒养颜，减肥瘦身。我急忙找杯子用开水泡上，一股清香随蒸气袅袅升起，品尝一口，味道独特。疑惑的心情豁然开朗。

我对苦菜情有独钟是从童年就开始的，因为我的父母在我们小时候就给我们讲述吃苦菜的好处，他们每年从开春就开始吃苦菜，蘸酱是最为普通的吃法。也许是受父母影响的缘故，我从小也跟着学会了吃苦菜，因此每年春天我必吃山野菜。

苦菜的可食时间很短，当冬天还没有完全离去，岛城的气候还有些寒冷，苦菜就已经钻出了地面，路边及远山的绿色就是苦菜的颜色，它带给人一种置身于清新悦目的感觉。这时的苦菜是最嫩、最香的，当你来到田野，看到紧抱着地面，伸展着苍绿的锯齿型叶片，那就是苦菜和大地的热恋，在春风的催动下，伸出细茎捧掬着金黄的放射型小花的苦菜花摇摆着向你微笑，让你感受到它的魅力和它的那股清香。

苦菜花看起来并不起眼，花朵也小，黄色的花叶中间有着赭黄色的花蕊，有稀疏的绿叶衬托着，错落有致地开在纤细的叶子中间，小小的苦菜花没有大红大紫的奢望，更不渴盼虚荣与赞扬。它在草木尚未返青的季节，悄悄地从地里探出头，在贫瘠的土地上顽强地发芽，生长，吐出一丝清香，献几分绿色，以报答大地的恩情。看着这小小的苦菜花，不由得让我想起了童年读过山东作家冯德英的作品《苦菜花》。小的时候看电影《苦菜花》，那影片的故事情节后来都忘记了，但有一首歌却却深深地刻在我嫩稚的心上："苦菜花儿开，遍地黄，鬼子汉奸如虎狼，苦菜花根苦花香，逆境中送你力量。"

我们这一代人经历过"大跃进"，"三年自然灾害"，"文化大革命"，上山下乡，不正像小小的苦菜花在逆境中顽强生存，茁壮成长！

苦菜花在带有寒意的春风中起舞，舞姿是那样地优美，那么地高雅。它在向人们展示着它清新的身影。每当我看到路旁和窗外的草地上开满了黄色的小花的苦菜花，总是感到心里一阵激动，蹲下身来，仔细地欣赏大自然赐予的美丽。

是的，苦菜花没有牡丹那样妖艳，更不像荷花那样出污泥而不染，它只是那样的朴素无华、朴实静美，它从不张扬，也不华丽，它只是默默地点缀在这绿色的草地上，为青岛的春天增添了一份踏实的含义。

小小的苦菜花具有甘于奉献的精神，它把绿叶奉献给大地，它把花朵奉献给蓝天，它把朴实奉献给人类，我赞美苦菜花，更赞美像苦菜花一样的人！

野外路旁留清香，根苦蘸酱清火旺。嫩芽炒做苦丁茶，敢与龙井比芬芳。

苦菜花开在我们每个人的身边，它在我们的脚下静静地盛开着，美美地摆动着。

看远处，那金黄金黄的小花一片清香，开放在街道旁边的树下，小区的花园、草坪、田野和山岗。远远看去，时而是星星点点，时而又是金黄色的一片，装扮了大自然，装扮了我们的环境，给人们带来了欢乐！

这时，我想到：我们中间的许多人每天在默默无闻地工作，没有额外报酬，从来也没有奢望发财、升官，只是在日常的工作中做好本职工作，耗费了青春，走向衰老，为社会做出了贡献，我们不也是这小小的苦菜吗？

我爱苦菜茶，我喜欢小小的苦菜花。

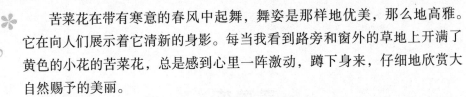

如霜的蓝月亮

杭州西湖游记

"上有天堂，下有苏杭"。杭州是中国最美丽的城市之一，因此，苏州、杭州也一直是人们旅游的向往。终于在1995年秋天，我们企业组织旅游，我也有幸来到了朝思暮想天堂般的杭州。

游杭州，游西湖，快哉，乐哉。西湖有关的风物、民俗、传说，都在哪里？这次游览杭州我得到了初步的印象。先游西湖。在导游小姐的带领下，我们欣赏着绿水荡漾、百花盛开的西湖景区。

我们在这次旅游中得知了许多杭州西湖的典故和民间故事，当年乾隆皇帝下江南，在杭州亲笔提名了"西湖十大名景"，"断桥残雪"便是其中之一。明人汪珂玉《西子湖拾翠余谈》有一段妙语："西湖之胜，晴湖不如雨湖，雨湖不如月湖，月湖不如雪湖……能真正领山水之绝者，尘世有几人哉！"我们看到的西湖，虽然是晴湖、月湖，已经感到满足，如果能见到雨湖、雪湖，那我们可能就成为"神仙"了。正是：西湖风景誉天下，古往今来官宦家。今日百姓游西湖，留恋天堂不思家！

西湖的断桥更有许多动人的神话故事，从古代至今，断桥成就了多少美好的姻缘。从许仙与白娘子的故事说起，那更是流芳千古的神仙与人相爱的故事，记得越剧《白蛇传》中白娘子那催人泪下的唱段："西湖山水还依旧……看到断桥桥未断，我寸肠断，一片深情付东流！"无怪乎，断桥能和长桥、西泠桥并称西湖三大情人桥。但是，为什么有断桥这个名字呢？传说在古代桥畔住着一对以酿酒为生的段姓夫妇，故又称为段家桥，简称段桥，谐音为断桥。很多事物过去太久远，自然是难以考证了，但留下些故事让后人来争议，未尝不是一件风雅事。我站在断桥上，看到来来往往的来自全国各地的姑娘，寻找白蛇、青蛇的影子，或许，几百年后，这里又会出现一段美丽的神话。有诗为证："俗民今日临断桥，寻找蛇仙走古道。可恨法海太无情，拆散鸳鸯水漫桥。"

西湖的荷花盛开，红色的金鱼在水面跳跃，潜游。美丽的湛碧楼被四面荷香环绕。龙舟载着我们来到小岛，登上这座湛碧楼。杭州女导游的解说让我们得知，南宋时，湛碧楼一带是宫廷制曲作坊所在，称"风荷御酒坊"。因作坊取金沙涧的溪水造曲酒，而附近湖池又遍种菱荷，每当夏日风起，酒香荷香沁人，于是得名"曲院风荷"。古代湛碧楼是文人们喝茶聊天的佳处，达官贵人兴致上来，在这里应景抒情，吟诗做画，写书法，对佳句。

喜欢西湖，喜欢孤山，喜欢孤山梅树林，当我们踏着小径，穿行于梅林，疏影横斜、暗香浮动，心神会感到更加地闲适和淡然。

著名的名胜西泠桥就在孤山下，相传苏小小和阮郁相识的故事在这里演义。华丽的画船载着苏小小手扶鸣琴从桥下翩然划过，琴声飞上桥面。桥上衣袂飘飘的阮郁跬足凝望。"妾乘油壁车，郎骑青骢马。何处结同心？西泠松柏下。"风流过后香消玉损，一代红颜也未能逃脱历史的宿命。苏小小的墓如今尚在，"金粉六朝香车何处，才华一代青冢犹存"。游玩行至此，无不叹息这位钱塘名妓，也成就了西湖的一段佳话。

我们在导游的带领下，继续欣赏着西湖的盛况，桂花是杭州的市花。西湖栽培桂花，盛自唐朝。西湖早期诗篇中每每以桂入诗，都是西湖北山灵隐、天竺一带寺庙所植。而满觉陇秋赏桂花，是明以后才形成规模气候的。桂花学名"木樨"，是一种常绿小乔木，性喜湿润，满觉陇两山夹峙，林木葱茏，地下水源丰富，环境宜于桂花生长。这里的山民以植桂售花为主要经济来源，一代传一代，终于造就了这一片"金粟世界"。

西湖胜景，湖山相依相连，这相依相连的"使者"，便是三南云山间的泓泓清泉，道道溪涧。位于大慈山下的虎跑泉，则是西湖众多名泉中的翘楚。虎跑泉的得名，始于佛教神话传说，虎跑泉是地下水流经岩石的节理和间隙汇成的裂隙泉。它从连一般酸类都不能溶解的石英砂岩中渗透、出露，水质纯净，总矿化度低，放射性稀有元素氡的含量高，是一种适于饮用、具有相当医疗保健功用的优质天然饮用矿泉水，故与龙井茶叶并称"西湖双绝"。

来西湖，不欣赏皇帝御笔批的"龙井"那是遗憾的，龙井一称龙泓，龙湫，位于西湖西南的风篁岭山。五代此地建有龙井寺，北宋时龙井已成为旅游胜地。诗人苏东坡常品茗吟诗于此，曾有"人言山佳水亦佳，下有万苦蛟龙潭"的诗句赞美。相传龙井与海相通，因海中有龙，故名。且龙井之水，亦十分奇特，搅动时，水面会出现一条分水线，仿佛游丝摆动，然后慢慢消失。龙井泉水清澈甘冽，与虎跑、玉泉合称西湖三大名泉。龙井茶更负盛名。清乾隆皇帝曾到此采茶种茶，老龙井还留有"十八棵御茶"遗迹。乾隆还题"湖山第一佳"五个大字，并将过溪亭、涤心池、一片云、风篁岭、方圆庵、龙泓涧、神运石、翠峰阁定为"龙井八景"。

西湖北山栖霞岭北麓，茂林修竹深处，隐藏着颇具道教洞天福地气象的黄龙洞古迹，南宋以来这里作为湖上五大祀龙点之一而享有盛名。清杭州二十四景中有"黄山积翠"一景即指此。一九八五年，集宗教文化内涵与寺观园林景象于一体的黄龙洞辟建为仿古游乐园，入选新西湖十景。黄龙洞山门到二门之间，有一段长而曲折的游步道，若从空中俯看，犹如一条游龙，沿路古木修篁，花草清池，矮墙漏窗，颇多可赏景物。它在寺观园林构成上称为"导引"，就像一支前奏曲，对游人起着由俗入清、调整心、渐入佳景的作用。

黄龙洞竹景历史悠久，竹径通幽又是一绝。刚劲挺秀的大毛竹高达十多米，汇林成海；小巧的菲白竹却又矮至二三十厘米，茸茸可爱；竿细色深的紫竹，据说早先引种自普陀山。

西湖三面云中、葛岭、宝石山自成一体，景色奇特，每当阳光映照，满山流韦纷披，尤其是朝阳或落日红光洒沐之时，分外耀目，仿佛数不清的宝石在熠熠生辉。宝石山正因此而得名。游罢西湖，我写了一首诗歌作为这次旅行的游记的结尾：

　　千年西湖鼎盛，十大景观闻名。龙舟常载权贵，今朝满湖百姓。

　　荷花轻舞奏乐，绿水扬波作和。诗情附注键盘，何须饮酒泼墨。

海边的贝壳

碧海、蓝天、红瓦、绿树是青岛的象征，也是我们青岛人值得自豪的风景。但是在一个偶然的机会，在陪同外地的朋友去青岛龙山商业城购物，竟然在一个工艺品摊点前为众多的贝壳工艺制品所吸引，为贝壳上描绘的亮丽风景所倾倒。用扇贝壳制作的台灯、盆景，每一个扇贝都画着精美的图画，每一个图画都有一个故事，像天女散花、嫦娥奔月、聊斋的狐仙，画的是那样栩栩如生。海螺壳制作的号角、烟灰缸、钥匙链，都画满了美丽的图案。还有制作精美的贝壳雕刻、贝壳壁画、贝壳动物、贝壳风铃、海螺、贝壳项链、贝壳手链，简直可以说是琳琅满目，我不禁为这小小的贝壳所倾倒，为青岛海边小贝壳的美丽而感动。

听售货姑娘讲，她的哥哥以前在贝壳工艺品厂专门设计贝壳产品，现在下岗在家，每天去海边收购和采集贝壳，用来制作旅游品，放在她的摊子上销售，赚取来青岛旅游的客人的银子贴补全家生活。

我喜欢贝壳是因为我小时候的家就住在团岛海边，喜欢到海边看礁石，听大海浪花的歌唱，呼吸那咸咸的海风。更喜欢在海边的沙滩寻找贝壳，挖蛤蜊，捉螃蟹，拣拾海菜。记得 20 年前的一个周日，天空和大海一样蔚蓝，沙滩在太阳的照射下发出金色的光辉。海面白色的浪花一排排有节奏地向沙滩扑打，落潮了，这是赶海的最佳时机，我带着上小学的儿子在海边和浪花玩耍，海边的石头很多，每当掀起一块石头，许多小螃蟹就四处逃窜，我们就赶快用手捞，一会儿，我们带的小铁桶就满了，小螃蟹在桶里上下翻挤着。儿子带着他的战利品在沙滩上奔跑着，突然，儿子喊道："爸爸，这是什么？"我接过儿子举起的贝壳，外面很粗糙，里面闪着银光，如电镀的一般。"这是鲍鱼身上的壳，和蛤蜊的壳一样。"我自己也在寻思，青岛的沙滩上怎么会有这么大的鲍鱼壳呢？只有在青岛高级酒店也许会看到这样的鲍鱼壳。

"爸爸，是不是鲍鱼被大鱼吃了，怎么光剩下壳了呢？"儿子问，我看了一下海面，远处停泊着几艘大船准备进港，我心中一动说："应该是船上扔下的垃圾，被潮水冲到了岸边。"

"爸爸，我要带回家，送给叔叔做烟灰缸好吗？"

"好啊！鲍鱼壳不光可以做烟灰缸，还可以做药材，医学的名字：石决明，有清热平肝、滋阴壮阳的作用；现在中药店还高价收购呢！"我赞许地答应着。

"爸爸，那我们捉的小螃蟹可以长成大螃蟹吗？"

"可以啊！现在的小螃蟹来年就是大螃蟹。"我回答。

"那我把这些小螃蟹都放了吧，让他们长大。"儿子忽闪着两只大眼睛望着我说。

"那你不和小螃蟹玩了？"我问，

"我有贝壳就可以了，以后我和贝壳玩，让螃蟹在水里长吧！"儿子听到我答应了他的要求，他把一小桶辛辛苦苦捉来的小螃蟹全部倒进海里，然后到沙滩上专心致志地找贝壳了。沙滩上无数美丽的贝壳，好多人在那里捡。正好，现在又是退潮的时间，沙滩上的贝壳被那无限的光束与彩霞照得格外耀眼，一闪一闪的，就像夜晚的星光那样美丽，我为儿子有一颗善良的心而高兴。

我在小的时候也非常喜欢到海边拾贝壳，看到海边五光十色、形状各异的小贝壳简直爱不释手，我的书包里除了铅笔、书、本子就是贝壳。我经常和小伙伴交换珍藏的贝壳，随着年龄的增长，我收集了许多贝壳和它的美丽故事，有一个故事是这样的：一个小女孩来到沙滩拾贝壳，然而她要找到最美丽的一枚贝壳，于是她一次又一次地拾起、扔掉，为了不错过可能是最美贝壳而拾起，为了不失去前面更多的机会而扔掉……就这样，夕阳西下了，小女孩仍然一无所获……其实，世界上根本就不存在最美丽的贝壳，即使有，也不一定找得到，因为谁也无法知道那只贝壳到底是遇见过还是没出现——就像寓言里的小女孩。我把这个故事讲给儿子听了，当时儿子说的话至今还在我的耳边："爸爸，我会喜欢每一个贝壳，你放心吧！"也许，这就是20年后他只身去了北京不想依赖父母，在那里就业，安家置业的动力吧！

虽然这已经成为昨天的回忆。但是，在我的家中，墙上还悬挂着贝壳拼镶的栈桥、小青岛、大海、浪花，还有一幅蛤蜊皮镶嵌的天鹅戏水图。

在 5 年前，儿子去北京上学，竟然带走了家中存下的全部小小贝壳。后来，他来电话对我说：每当他周日休息的时候，总是在阳光下晾晒贝壳，小小的贝壳反射阳光，清清亮亮，他就有回到家乡、回到海边的感觉！

我们的家乡青岛三面环海，依山而建，每一座楼房都有它的风格，在海边的许多早年建造的楼房山墙上还镶嵌着美丽的贝壳，贝壳墙上长出的青苔也体现着它独到的风景，诉说着它们看到的城市故事。在海边，许多小商贩也利用旅游旺季，手拿自己制作的贝壳制品，向游客兜售着，形成一道美丽的海边风景。现在，我走到海边，也总是在沙滩寻找着被浪花冲洗过的贝壳，寻找我昨天的足迹，每当寻找到一个充满个性和灵气的小贝壳，我就轻轻地拣起，擦拭，放进口袋。

我想：小小贝壳曾经孕育了一个生命，奉献给人类的是鲜美的肉、珍珠、药材，还把躯壳献给了人类。

几十年过去了，我喜欢贝壳的心没有变。看到它，我就好像看到了大海，看到了儿子昨天为了贝壳放生了一小桶小螃蟹，看到了小小贝壳给我们全家带来的欢娱和回忆，思念和快乐！

难忘的 1969 年的春节

春节就要到了，看到超市和市场上购买年货的人山人海，不由地想起 1969 年春节。那年春节，是我们 1968 年知青插队后的第一个春节，从进入腊月门，天空就阴沉沉的，大雪一场又一场地下，大地一片洁白，河沟、公路到处是白茫茫，通往城里的长途汽车停了，马车牛车都没有办法出门，有许多返乡回家过年的人只能凭着感觉在雪野里探路回家，有的不小心就落在机井里，无人救助。眼看腊月二十三小年过了，当时的县革委会号召插队知青在农村过第一个革命化春节，我们知青组的 15 个知青响应了这一号召，怀着满腔热情和贫下中农过一个革命化的春节。

在当时的潍县农村，过年和青岛的风俗差不多，放鞭炮，吃饺子，喝酒，吃肉。大队革委会委托贫下中农代表送来了两斤肉，2 斤芹菜，2 棵大白菜，还有 30 个萝卜咸菜。这就使我们全体知青非常感动，手举红色的毛主席语录喊："向贫下中农学习，向贫下中农致敬，毛主席万岁！"

包饺子，我们城里来的知识青年都会，但是在潍县，饺子被称做"扁食"，包制的方法也比较简单，馅少皮厚。我们十几个人一起忙活，饺子很快包好了，一个个挺着大肚子馅大皮薄的饺子真让房东大娘他们开了眼界。在窗外的鞭炮声中，我们吃着炒芹菜，炖白菜和我们亲手包的饺子，听着挂在墙上小喇叭传来的样板戏，唱着思乡的歌曲度过了大年三十寒冷的夜晚。

那年的正月初一，是我记忆中最为寒冷的日子。从西伯利亚吹来的寒风冷飕飕的，村子的街道小巷都没有人，我们穿着棉军大衣，戴着厚厚的皮帽子、棉手套、军棉靴还冻得发抖。这时，我们想起了温暖的家，想起了妈妈，想起了青岛的春节，组里的女青年躲在屋里悄悄落泪。饺子吃完了，肉吃完了，炒芹菜、炖白菜也没有了，只有咸菜了，大家一起看着我这个知青组长，怎么办？我只有亲自下厨房了。我把萝卜咸菜用礤床擦成丝，用水洗一下，用棉籽儿油（当时没有豆油）炒了一大盘，又用醋拌了一盘萝卜咸菜丝。然后把面粉和得硬硬的，擀成面条。当面条下出来，送到大家面前，大家那个高兴劲儿就不用提了。好吃！那面条，那咸菜，那滋味至今难忘！难过流泪的女知青也有了笑容。俗话说：巧妇难为无米之炊。初一初二吃两天咸菜，队里送来的面粉也没有了，只有地瓜面和玉米面了，知青们都想家了，看着路上雪开始融化，我就请示了村里的革命委员会，批准我们回家探家。可探家带点什么？当时我们知青穷得什么也没有，大家都在问我。我说："老乡送的咸菜还有，每人带两个萝卜咸菜回家吧！潍县的萝卜咸菜咱们城里没有。"这是我们插队的第一年的礼物啊！妈妈看到我们带回家的咸菜，也非常高兴，说："这咸菜真好吃，脆生，有花椒的香味。"这番话，温温暖暖的，湿润了我的眼睛，也温暖了我的心。虽然她老人家离开我们多年了，但是，一到年关，我就想起了1969年春节那场大雪，那顿水饺，那萝卜咸菜！

北京，北京我爱你

北京，祖国的心脏。所有来北京的人，无论在 40 年前的"文革"时代还是现在的经济大潮改革开放时代，心中都有一种敬仰的心态，都一样地激动。现在，这个国际大城市正在以我国历史前所未有的高速度向前发展。

北京的一座座现代化高层建筑像山一样高大，一座座高架桥像飞天彩虹一样出现在北京的十字路口，繁华的街道两侧到处有霓虹灯、广告牌。到处有像树林一样密不透风的灯红酒绿的地方，在这里，有钱、有梦想、有奇遇，想要的、想不到的，都有机遇。从四面八方汇集在这里为了梦想而拼搏的北漂一族已经超越北京当地的人口。当他们来到北京，瞻仰天安门，攀登长城，走访圆明园，在新的人群、新的地方、新的阳光、新的风情、新的眼色、新的环境中，焕发出力量，是建设祖国的力量，这力量，促进着北京的快速发展。

我多次来北京，这一次来北京是时间最长、让我感受最深刻的一次。我独自走上街头，独自坐地铁，独自逛在超市，独自游览天安门广场。满目充斥熟悉和陌生的东西，满耳朵的噪音。在地铁出口，人潮汹涌，擦肩拥挤的人们就像进入网的鱼一样，互相碰撞着。北京的地铁是世界上线路最长、乘客最多的地铁了，从地铁 1 号线到已经开通的地铁 13 号线，每天装载着世界上最大的人流。从地铁口出来，穿过长长的地下过街通道，看到坐倚在地下通道瓷砖上的几个流浪者，拉着二胡，唱着低沉的歌。眼前摆放的纸盒子里有几个零散的硬币。一个脏兮兮的女人抱着孩子在喂奶，看来，他们也是比较典型的北漂一族，生活中的无奈者。一个提着包裹的人走到我面前推销照相机，他压低声音很神秘地说："标准的水货，从外面捎进来的。"看他的样子猥琐，那脸似乎打从娘肚子里出来就没洗干净过一次一样，鼻翼里是黑黑的线条，额上是黑黑的线条，脸也是黑黑的。我感到有些恶心，急忙闪开随人流逃出过街通道而去。

在知青插队期间，由于长期赤脚，练就一双宽厚的脚板，后来穿什么鞋都瘦，造成我的脚指甲老是往肉里长，医学上称为"嵌指"。在青岛期间，还有几个熟人师傅帮助修，在北京的时间一长，需要修脚的时候就感到茫然：应该找谁呢？如果修不好，第二天就会发炎，鼓脓，肿胀，造成脚无法走路。在白云桥东旁边有一个商业门面是专门修脚的，那师傅是德州人，他信誓旦旦地说："只要付40元就可以修好。"我跟他交谈："如果你修脚能把病甲的根部都挖出来吗？""那怎么挖呢，如果要挖根那要去医院打麻药，才能彻底治疗。"他的回答使我明白他只是个混钱花的假修脚师傅，不能让他修。还是儿子托人打听，北京的清华池有个修脚中心，那里有好师傅。我急忙赶去，果然，那里的修脚师傅十分专业，几分钟的时间，刀到病除。修脚价格仅仅为个体修脚师傅的一半，我眼看着这位姓齐的山东老乡，不由地为他的精湛技术叫好，我当年曾经为青岛的许多修脚师傅写过优秀事迹报道，在报纸上刊登，像山东人大代表、女修脚师刘惠贤，玉生池的特级修脚师战永平、王炳林、刘长才等，这些修脚师的的技术也难以和他相比，而这位姓齐的修脚师傅说：他们这里每一个人的技术都是这样精湛！我为北京的清华池叫好，为我国的浴池业的修脚工后继有人而高兴，在现在到处都是假货，市场充斥着造假的时代，这是一块净土，还没有受到铜臭的污染。

太阳西落，天空飘起片片晚霞，街上的路灯亮起来了，这是北京瑰丽多姿显示魅力的时候。快速路上，汽车轰鸣奔驰，刚下班和吃过饭的人们走向街头。优美的舞曲响了，华尔兹，交谊舞，让这个城市比白天柔软了许多。还有人在草地上遛狗，有人打羽毛球，霓虹灯下，许多大酒店和夜总会是彻夜不眠的，甚至一些小商店关门也很晚。我和儿子走进一家熟悉的"我爱我家"房屋中介店，受到了他们热情的接待，虽然北京是37度的高温，但是他们还是白衬衣，蓝裤子，脖子上打着整齐的领带。每个人的胸前都挂着证章，上面有他们的照片和名字。听他们介绍，他们的固定工资并不高，关键在提成奖励。所以他们的上下班时间是早7点30至晚上9点，他们全店20多个职工，全部是外地来北京打工的北漂一族，我这次来北京为儿子买到房子就是通过他们找到的，虽然房价和中介费都很高，但是北京的市场价都是一样，能使自己感到满意也就可以了。所以我也为此开始关心他们工作、人员构成收入等状况。回青岛后，我给他们做了个红色的锦旗，文字是："诚信热情、温馨之家。"他们都是和我儿子一样的同龄人，典型的北漂一族，给他们些鼓励，给他们些生活的信心和尊严！

北京这座千年古都或许不会在乎我们的声音，而我们却希望听到这座伟大城市的声音，来北京一次，就想去探索这座古城的历史，寻访它最初的印迹，追寻到它淳朴的原始的内在精华，寻找先辈的印记。我们只是这个世界的过客，这个城市的过客。曾经听父亲在世的时候讲过，我们于家的先辈在北京曾经参加义和团，在北京与八国联军战斗过，在抗日战争中，许多先辈从卢沟桥到东北转战流血，用生命谱写了一首首赞歌。

耳畔回响着国际歌的旋律，我站在金水桥的白玉栏杆上，俯身看着轻微荡漾的水面和倒映在水面上的天安门红色城楼，心中不由地赞叹：它是中华民族的象征，它在我们心中燃烧着希望，它是我们13亿中华儿女心中的红太阳。成千上万的人们在天安门广场川流不息的瞻仰着神圣的所在，这些巍峨的古建筑，英雄纪念碑，飘扬的五星红旗像沉默的勇士，在给我们民族，亿万人民注入信心。

在北京居住的许多个夜晚，我都是一个人出来，沿着开满鲜花的街道溜达到长安街，溜达到天安门广场。然后再去和平门，琉璃厂，看看北京古城的文化。有一天，我还专门去拜访了北京著名的民间故事作家董梦之老师，他现在担任中国乡土文学协会的会长，最近正在编写一部北京街巷的传奇故事。他虽然年届70岁的高龄，却非常健谈。我们一起走在长安街上，他的步伐很快，像年轻人。告别他离开北京的时候，我们约定，7月中旬在青岛见面。现在，他已经来到青岛海边，在青岛避暑期间继续他的创作。

北京在前进，北京在高速发展，在这里，还有多少人在奔波，还有多少人利用租住的小屋甚至是地下室把梦种下去，然后开始奋斗，从 20 岁到 30 岁，到 40 岁，只要梦还在，就不能停歇。我知道我和儿子都是一名过客。所有来这里的人和北漂一族，都是过客。但是我们却并没有把自己当做局外人，北漂一族和北京一起同呼吸，共命运，为北京的发展付出了青春和热血，没有抱怨，没有考虑休息，只是在付出，拼搏。我们坚信，北京会记住我们，历史会记住我们，记住在这一个时代我们北漂一族的奉献，记住我们为理想拼搏，记住我们为拼搏快乐，记住我们的梦中的快乐是看到了祖国明天繁荣富强的美景！

第二辑 浪花在倾诉

如霜的蓝月亮

第三辑
海韵、山魂、传说

如霜的蓝月亮

绿色的崂山北九水

崂山有名，是因为它的历史悠久，风景美丽，崂山北九水的风景应该是崂山绿色之最。北九水，十八条水，上九水路险景美，流水潺潺；下九水奇花异草，怪石林立。卧龙河串联着十八条水蜿蜒向上，河水两岸峭壁林立，岸边鹅卵石在水中成排成对，是绿色给大山带来生机，是巨石给大山带来了庄重。是绿色，为大山带来灵气。绿色象征生命，象征着青春的活力，象征着旺盛的生机。绿色是崂山北九水风景区的基调。1975 年，青岛市委宣传部、青岛市文联在北九水大崂观组织举办了为期两个月的创作学习班，当时由姜树茂、张建、王永乐三位老师带队，我们一行 20 多人参加了这次活动，每天早晨沿卧龙河跑步，晚上饭后爬山，白天研究作品，命题创作，将近 60 天的崂山学习班，使我对北九水的认识有了一个新的境界！

北九水源于大山深处，泉水清澈，水中鹅卵石造型各异，泉水时而淙淙铮铮，时而飞瀑四溅，卧龙河流淌着的绿色音乐，水无弦而作声，山有意而应鸣。徜徉在河畔小道，身心仿佛被一种来自于远古的宁馨所净化水洗了，心里的种种块垒和郁闷都化解随风。记得在学习班期间我与张建、王永乐、张志中老师晚饭后一起游走在北九水的河滩，听那如雪般的瀑布，如琴筝般的流水畅响。这是何等的乐曲，简直是天籁之音！

北九水的另一个特点是山上植被茂密，郁郁葱葱，可听松涛呼啸，可闻珍禽啼鸣；空气清新，景致如画，风光旖旎。尤其是雨后，那松树底下蘑菇一片片，也有人在树下采集到珍贵的灵芝。在"文革"时期，就曾经有游山的红卫兵采集到最大的灵芝，送到了北京，献给了毛主席。所以，现在我们论坛组织去北九水，我总忘不了去森林寻觅，不过，我什么样的灵芝也没有见到，也许，上山的人太多了，都被挖走了。我喜欢绿色，喜欢茫茫林海，喜欢不同的绿。深色的绿，绿得庄严；浅色的绿，绿得亮丽。那些倒下的朽木，长满绿苔和不知名的蘑菇，展示着生命的无限活力。

　　北九水的石头造型各异，尤其是象形石居多，有的像虎，有的像青蛙，还有的像美女，更有的像一个老者，记得当时张建老师指着一块石头对我们说："你们看这石头上面有一个圆洞，这里头就有一个故事：传说张果老骑驴去华楼宫，半路在驴背上睡着了，不小心头一歪，磕在旁边石头上，把石头磕了一个圆洞，因此，此石就被后人命名为碰头石。"

　　崂山的石头如此美，是刚柔并蓄的美，一种人工无法模拟的美，行走于北九水间，让人切身感受到了崂山给你的青春与大气，体会到了祖国山水文化的悠闲与精致，在这份逼人的古朴和粗放面前，心，除了轻松荡漾外，竟莫名其妙地生有一种敬畏和神圣。

　　行走在北九水，就好像在听一场世间最美妙的交响乐，石上流水，枕石而鸣的水声，持续而变幻莫测。山水多情而歌，仿佛行吟泽畔的诗人。瀑布喧响，如数十架琴筝齐奏。风声、树声，还有采茶姑娘的歌声，何等的情调，何等的旋律，音乐无处不在。每次游览，便会感到又一次感动。

崂山深处黄花香

崂山，是我国的道教名山，崂山的气势磅礴，历史悠久，有许许多多的奇人异士、许许多多的美丽传说让我痴迷，经常去崂山登山，爱上了那里的一草一木。记得在 1976 年 8 月，我们在崂山北九水大崂观办创作学习班的期间，在一天晚饭后，我跟着张建老师（当时任青岛文联副主席）、王永乐老师（曾经的青岛日报总编）、张志忠等老师去大崂观后面的山谷散步，但见那山沟边，半坡上，到处是黄色的、美丽的花，在夕阳余辉的映射下，金灿灿的一片，很是好看。我问张建老师："这是什么花？"张建老师诧异地说；"你没有吃过，这是黄花菜。"

坦诚地说，我不光没有吃过，就是见也是第一次。看着我茫然的神情，张建老师说："黄花菜又叫金针菜，原名叫萱草，古称'忘忧草'。黄花菜是人们喜吃的一种传统蔬菜。常吃黄花菜能显著降低血清胆固醇的含量，有利于高血压患者的康复，可作为高血压患者的保健蔬菜。"他停了一下又说："萱草属。是一种多年生草本植物的花蕾。黄花菜味鲜质嫩，营养丰富，含有丰富的花粉、糖、蛋白质、维生素 C、钙、脂肪、胡萝卜素、氨基酸等人体所需的养分，其所含的胡萝卜素甚至超过西红柿的几倍。黄花菜性味甘凉，有止血、消炎、清热、利湿、消食、明目、安神等功效，对吐血、大便带血、小便不通、失眠、乳汁不下等有疗效，可作为病后或产后的调补品。黄花菜常与黑木耳等斋菜配搭同烹，也可与蛋、鸡、肉等做汤吃或炒食，营养丰富。入夏是新鲜黄花菜应市的时节，食用鲜黄花菜前一定要先经过处理，去除秋水仙碱。由于秋水仙碱是水溶性的，所以可以将鲜黄花菜在开水中焯一下，然后用清水充分浸泡、冲洗，使秋水仙碱最大限度地溶于水。"

听过张建老师的介绍，我急忙跑上前采摘了许多，王永乐老师说："黄花菜有许多典故听说过吗？""没有啊！老师，您快给我们讲讲吧！"王永乐老师笑了，他采摘下一棵黄花菜说："大家看，它像一根针，传说它就是我国的神医华佗治病的银针变化而成，古时三国，名医华佗给曹操治病，在宿迁临行时，一不小心撒下大根金针，随后，当地便长出许多开黄花的植物。当地百姓每遇到大疾小病，常用它的叶子煎汤，饮之即愈。为纪念神医华佗，人们称这种植物为金针菜。又因其开黄色花，也叫黄花菜。其花瓣肥厚，色泽金黄，香味浓郁，食之清香、鲜嫩，爽滑如木耳、草菇，营养价值高，被视作席上珍品。就是革命先驱孙中山先生曾用'四物汤'作为自己健身的食疗食谱。'四物'即黄花菜、黑木耳、豆腐、豆芽，黄花菜位列其首。四物汤营养成分完备，是补血、养血、美容的良方，又是日常素食中价廉物美的珍肴。"

我们静听着二位前辈老师讲述的故事，不由地为黄花菜的神奇吸引，传奇的自然不息的生命脉动，酩酊芳醇欲醉的金灿灿的花丛，美丽的引人入胜的传说使得我们的心儿都醉了。

黄花菜开在深山，它没有和桃花、杏花、牡丹、玫瑰等百花在春天斗艳，也没有在公园与百花争宠，它默默地开在深山，它避开早晨、中午，在日落时分悄悄开放。

我想到历史上有许多名人隐士，他们做出了许多成就，但是不愿意在朝为官，悄悄地躲进民间，深山隐居；我又想到在我们现今的社会上有许多的英雄人物做好事不留名甘做无名英雄的许多事情。"离离原上草，一岁一枯荣。"黄花菜生命是有限的，但是它把生命却全部献给人类，它的奉献精神是无限的。

高山青松翠绿、山坡草绿、小花黄，我为黄花菜的精神感动，我喜欢这青山、林地和山坡上漫山遍野的黄花菜。

与这么多知识渊博的老师们一起置身于名山九水清幽无浊的好地方，直教人感到自己的渺小，和对知识的渴求，拥入了大自然博爱温情的怀抱。抛开混沌纷攘的红尘，将许许多多苦闷化作天空的浮云消散。

如霜的蓝月亮

采集过这一片山坡，转过另一个山坡，不由地又一阵惊喜。山坡上金灿灿的，开满黄色的花，花心呈红色。张建老师说："黄花菜的开花时间约下午4点后，所以，现在采摘正是时候。"但是，这漫山遍野的金色黄花菜我们怎样能采摘完呢！我们欢快地笑着，乐着，满载而归地返回住地。

事隔多年，仍然怀念着那次散步采摘黄花菜的活动，怀念着张建老师和王永乐老师，也怀念一起参加学习的许多朋友！

茶山采风——三柱峰的传说

平度茶山为什么没有茶？民间有许多美丽的传说：海歌认为：最美丽的故事还是三柱峰飞天这篇，据说在大唐年间，唐太宗委派高僧唐三藏去西天取经，在唐三藏取得真经功成圆满之际，驾云返回长安。途经山东地界，俯身下看，只见下界山清水秀，草绿花红，奇石峭壁，流水潺潺，便耐不住心中的好奇，按下云头，落在山顶欣赏这里的美景，（后来这里有唐太宗派人修筑三藏庙，暂且不表）看到山坡有一山泉，水如莲花，饮之甘甜，便双手合掌，诵经百遍。只见泉水处突现一穴，白雾缭绕而出，竟是一口天然泉水井。三藏道：今后，凡俗人饮此水，皆可耳清目明，久饮则可成仙。道罢，腾空驾云而去。说来也巧，王母娘娘正开过蟠桃盛宴，与众仙女驾云东游，看到三藏拜清泉这一幕，心中称赞，好和尚，我助你一臂之力吧！信手取来天宫茶籽儿三颗，大如枣，奇香扑鼻，拂袖生风，茶籽儿落地成树，三棵茶树，高数丈，叶子郁郁葱葱，顿时满山茶香。从此，茶叶落地入水，皆有余香，香气顺水而下，满山茶香，故名茶山而闻名天下。

后来大唐发生战乱，各地瘟疫横行传播，唯独平度、沽河周边地区，百姓太平无恙！自此以后，此山、泉水、茶叶皆为神灵之物造福满山生灵与周边百姓。

且说在这万里茶山，深山峭壁岩洞里藏有两条千年修炼的灵蛇，乃雌雄相伴。那日唐三藏诵经神泉，王母拂袖植茶树皆在远处观之，自此开始便朝嚼神茶叶，日饮清泉水，不日便可腾云驾雾，呼风唤雨了！二蛇知此茶乃神灵之宝，终日守护，不可怠慢。狼虫虎豹及周边贪心坏人均不敢偷摘茶叶，破坏神泉。

山下二十里有店子镇，镇上有一个有名的恶霸财主谭虎，平日里欺男霸女，凌辱乡里，其罪行无人不恨，无人不晓。当他闻听茶山有如此仙树神泉，便有了霸占为己有的念头，但又听说灵蛇护树，也不敢轻举妄动。

一日，谭虎心生毒计，命家丁将许多削尖的竹签埋在蛇道上，当灵蛇去神泉喝水时，竹签划破雌蛇蛇腹，生命垂危，雄蛇大骇，不敢前进。谭虎令家丁持刀齐上，欲取二蛇性命，并安排人用铁锹、镐头准备移栽茶树到自己家中。雄蛇发怒，腾空而起，顿时狂风大作，蛇尾横扫谭虎及其家丁，谭虎及其家丁随风落下山坡，变成一块块石头，匍匐伏地。蛇尾再横扫，只见三棵茶树席卷上天，插在山顶，化做三柱擎天柱！

正是：世间本有桃花源，神茶圣泉在仙山。怎奈恶虎生邪念，灵蛇发怒惩凶顽。

且说灵蛇发怒作法，三株茶树化做三个擎天柱后，便与雌蛇隐入擎天洞中疗伤，但是，三株茶树乃王母娘娘所栽，掌簿天神早把此事报到天庭，王母娘娘便命天兵天将把灵蛇缉拿归案，雌雄二蛇惧怕天神，藏洞不出，雷神大怒，一声霹雳，把山顶劈了个豁口，把灵蛇押到天庭，后来王母娘娘念它们惩治恶人，情有可原，把二蛇发配到杭州钱塘江，废除五百年的仙气神功，再行修炼，因此到宋代就发生了白蛇传的故事，又演绎了一段流传百世的人间佳话，此乃后话，暂且不表。

诗云：灵蛇修行两千年，方得正果在茶山。怒惩恶霸伤茶树，被废神功再修炼。

茶山——般若寺的传说

唐王下诏建神寺，限期百日功告成。鲁班祖师巧相助，千年殿庙苦修行。

话说唐三藏取经回到长安，向太宗进言，沿途神州各地的风土人情，天文气象，朝运吉凶。茶山仙气凝聚，急需建庙，以保国运昌盛。唐王听罢，当即下诏，让青州官府召集工匠百日内在茶山顶建寺庙一座，殿堂百余间。约定在中秋圆月之日进行祭天大典，青州府衙得到诏书，不敢怠慢，当即招工匠开工建庙。

茶山山陡路难行，工匠们由于连年战乱，饥不饱腹，面黄肌瘦，工作效率很低，许多工匠在抬巨石、圆木中坠落山崖，眼看工期越来越近，工程尚不足半，官府着急，百姓着急。

当时负责工程的大工匠是平度姜家庄的姜铁心，是远近闻名的能工巧匠，他知道，如果到限期完不了工，只有全家被抄斩，怎么办？

时值八月，阴雨绵绵，一天，突降大雨，山洪暴发，把正在准备建造庙东殿堂的2000多棵树干原木全部冲进山下大沟，全体工匠都躲在山洞避雨，眼看着已经凿好修整好的原木都被冲到山下，石头磕，洪水泡基本被毁，顿时号哭声冲天。姜铁心让大家静下心，都回家安置一下，为避免被皇帝下诏杀头，赶快逃跑为上，这里有自己顶着。工匠们赶快给姜铁心磕头谢恩，跑回家逃命去了。这时，大家都走了，姜铁心也想回家看看年迈的父母，走到山下，看到大水已经淹没了河沟，淹没了田地，浩浩荡荡向低洼处奔流。突然，他看到一个白须老人骑在一根原木上随水漂流，口中作歌："神山修神庙，风雨来助兴。可怜众百姓，无奈违天命。"姜铁心道一声神奇，但又怕老人遇险，只得跳入水中，游到老人身边，问老人何处去，老人说：我要上山看儿子，他在山上做工匠呢，你背我上山吧！本来姜铁心要回家看父亲母亲，这又来了个看儿子的，儿子是谁他不说，非要让他背上山。看到老人白发苍苍，想到自己的老人，他背着老人，一步一滑，连走加爬，终于爬到山顶，问老人：哪位是您的儿子啊！只见老人笑着说："你就是我的孩子啊！我来救你们来了，赶快闭上眼睛，看我做法。"说罢，用树枝在山顶画了一圈儿，姜铁心不敢怠慢，赶快闭上眼睛，只听得山崩地裂一声响，雷声隆隆过，木石乒乓响。约半个时辰，老人道："大功告成，回家孝顺你娘吧！"

姜铁心睁开眼睛，只见庙堂辉煌，神像巍峨，满山是神殿，满殿是神像。天空中五彩祥云，凤凰绕云飞翔，彩云之上，端坐白须老者，原来是鲁班祖师驾到，协助建成如此庙殿神像也。

这正是：茶山寺庙神仙造，鲁班祖师写奇迹。平度潍坊胶高即，八方朝拜显神奇！

崂山神茶

在公元 719—756 年，唐玄宗李隆基的宠妃，小字玉环，道号太真。蒲州永乐（今山西永济）人。养于叔父杨立家。善歌舞，通音律，聪明过人，身材丰腴，姿容绝代。始为玄宗子寿王李瑁妃，召入宫中，深得玄宗宠爱。天宝四载（745）进册为贵妃，姊妹皆有才貌，分别封为韩国、虢国、秦国夫人，出入宫掖。堂兄杨钊，赐名国忠，升任宰相，权倾朝野。贵妃兄妹使玄宗耽于声色享乐，不理朝政。天宝十四载（755），安禄山以诛杨国忠为名，发动叛乱，玄宗无军可调，出逃四川，行至马嵬驿（今陕西兴平西），士兵不行，诛杀杨国忠，玄宗被迫赐杨贵妃自缢。

各位看官有所不知，这一段只是历史的记录，实际上是当时太监高力士用调包计瞒过了兵变的将领，把一个无辜的和杨贵妃长的极其相似的宫女做了牺牲品，杨贵妃被悄悄地藏在民间，她和 2 个贴身宫女一起连夜送到崂山华楼山的一个密室。下面是来自崂山民间的一段传说。

由于连续兵乱的惊吓及长途跋涉，杨贵妃病了，终日茶饭不思，昏昏沉沉，她脑子老是回忆着可怕的兵乱那天的一幕："贵妃无罪啊！"皇帝忽然如吼地叫出，声音很凄厉，每一个听到的人都有凛然之感。

"陛下，贵妃诚然无罪，但将士已杀杨相公，贵妃仍在陛下左右，将士岂能心安？臣以为，今日之事，只有将士安，陛下亦安——"韦谔朗朗地说出，他和高力士配合得很好，都着力于保全皇帝。

"换衣服、赶快。"杨贵妃自己后来也不明白又发生了什么，迷迷糊糊地跟着护卫张云真来到了崂山。可怜沉鱼落雁之貌的皇娘娘现在变得枯瘦如柴，随贵妃娘娘来崂山的贴身护卫张云真急忙传密信给高力士，高力士一看，脸色大变。随即修书一封，让张云真去请当时的神医药王孙思邈，由于孙思邈已经故去，他的儿子孙健也是当时的名医了，他不敢怠慢，连夜赶往崂山医治。

护卫张云真和孙健连夜赶到崂山，孙健看到一个民妇打扮的姑娘躺在土炕上，"这难道是当年的杨贵妃吗？"从脸上看、她没有显著的病象，但生机恹恹，两目紧闭，问宫女，宫女回答：贵妃娘娘在一天中大部时间在床上，偶然起来，可是，起来一个时辰，便觉精神不济，躺下，睡着半个时辰，会醒，醒来，精神便转好了，但是，若睡着的时间久了，又会有梦魇而惝然，不时大叫和说吃语。不思饮食，头痛难忍。

从脉象看：娘娘脉象细微，乃肝火日盛不下，攻心伤神、心脾不足、肝阳过盛所至，如此下去，只怕是时日不长了。孙健看罢，沉思片刻、开出一方："酸枣仁1两、柏子仁4钱、生龙骨3钱、朱伏神4钱、天麻4钱、生珍珠母一两、苍耳子3钱、全蝎3钱、炒槐米3钱、豆豉4钱、木香3钱、白术3钱、生鸡内金4钱，水煎2遍，分2次温服。天竹黄6分、人参5分、琥珀6分共为细粉，分2次冲服！

果然是神医，娘娘服药后，精神大有好转，但却经常头痛，见风落泪。孙健又给娘娘换了几服药，效果不大。几十服药吃下去，连神医也感到棘手了！

烦闷之时的一天，孙健走到北九水，但见周围山峰峰峦叠翠，云雾缭绕，九水曲曲弯弯，沿山而下、清澈见底，如九条卧龙、真是一派神仙境地。猛然，他看到山上绿树层中，有道长和几个道童在采摘一些树叶。"他们在采树叶做什么啊？"他好奇地走上前询问。

一个道长向他迎来，道长说："此树乃我们先师张果老点化，为道家专用药材，此树叶加上山泉水可以明目、清心、疗百病，延年益寿。我们道长让我们喝此水，煮米饭，采下树叶晒干后做我们铺的褥子，睡觉的枕头，好处、用处可多了！""真的？"神医孙健眼中一亮，他摘下一片树叶放在口中嚼碎，有点涩苦，味重厚醇。"好药材。"他掏出身上带的银子，买下了道童们采集的全部树叶，让他们帮助背回了华楼山的密室。

回到华楼山，让道童指点一下树叶的晒制方法，便跟了道童去那山顶上的道宫拜见主持道长，只见道长须发飘逸，神气昂然。神医孙健急忙上前施礼："拜见老神仙。"道长一伸手，孙健就感到一股无形的大力向他扑来，但只是阻止了他的跪拜。蒲团上，老道长和孙健谈起了长寿祛病之道。谈到孙健的先父孙思邈已经仙去，老道感慨了一番。"此树叶，乃崂山神茶也：一碗喉吻润，两碗破孤闷。三碗搜枯肠，唯有文字五千卷。四碗发清汗，平生不平事，尽向毛孔散。五碗肌骨清，六碗通仙灵。七碗吃不得也，唯觉两腋习习清风生。"

老道长谈到唐末刘贞亮倡茶有"十德"之说：以茶散郁气，以茶驱睡气，以茶养生气，以茶除病气，以茶利礼仁，以茶表敬意，以茶尝滋味，以茶可行道，以茶可雅志。饮茶使人恭敬，有礼、仁爱、志雅，可行大道。

老道继续说：道法自然，修道在饮茶。大道至简，烧水煎茶，无非是道。饮茶即道，是修道的结果，是悟道后的智慧，是人生的最高境界，是中国茶道的终极追求。顺其自然，无心而为，要饮则饮，从心所欲。不要拘泥于饮茶的程序、礼法、规则，贵在朴素、简单，于自然的饮茶之中默契天真，妙合大道。

老道又说：神茶治病，你家父的《千金方》中就有记载，那是他云游至崂山和老衲谈的："用茶叶装枕头可明目、清心、疗百病、延年益寿。"

孙健听罢，心中茅塞大开，急忙再三感谢，谢罢，又走至禅堂，后院。看到道长们用的卧具，用膳、喝水都与神茶相关，结合自己的用药，他初步有了一个新的治疗方案。

话说孙健回到华楼山，让护卫张云真找村民借一口大铁锅，将神茶放在水中煮沸，然后让贵妃娘娘坐进一个大木捅，将水和神茶一起倒入，名曰：药浴。又让宫女去取北九水的泉水，烧至8成开，泡神茶入内，让娘娘饮用。还让宫女把晒干的神茶，加上神曲、磁石、人参、灵芝，放在娘娘的枕头、被褥中充填。

三天，娘娘的头痛已经消除，十天，娘娘的病症已经全部消除。

古人评云：孙健此时治病，全靠药王孙思邈的经验医书指点。由于孙思邈在医学上的杰出成就及其崇高的医德医风，使之深受我国历代人民的爱戴，其影响历代相传，经久不衰。千百年来，用来纪念他的庙宇遍布各地，尤其是在他的家乡耀县，早在唐朝后期就在城东药王山为他立祠。此后宋、金、元、明、清各代在那里陆续增建了药王庙，并建有碑亭、石刻等。现在明朝建的药王庙保存完好，庙内有"孙真人"居住过的石室太玄洞，洞外亭内有明刻《千金宝要》、《海上方》石碑。相传当年孙思邈洗药用的洗药池和他亲手种植的柏树还完好无损。这些中华文化的宝贵遗产深受海内外炎黄子孙的珍爱。每年二月，人们都在药王庙举行仪式，隆重纪念和缅怀这位名垂千古的伟大医药学家。当然，也只有他儿子孙健继承了他的衣钵。

话说贵妃娘娘病愈，再也不思那宫殿中的权贵生活，她谢绝了皇帝秘密接她回宫的手谕，在崂山华楼宫过起了修行悟道的生活，每日在山里采茶，品茶，和山农交谈。把后来高力士秘密送来的宫女都让护卫张云真协助找民间的男子予以完婚，并且把神茶的使用和品尝方法教给民间百姓。说来也怪，综观崂山的历史，自唐朝以来从来没有瘟疫的流行和爆发，崂山的姑娘皮肤细腻、美丽，这恐怕与神茶的功劳分不开的。

第三辑 海韵、山魂、传说

崂山石竹茶的传说

崂山，山美、水美扬名世界，俗话说：万里崂山。可见山的磅礴和雄伟。传说在很久很久以前，山里住着一户农民，三间小屋，一个小院子。农民夫妇天天上山打猎，种地。家里养好多的鸡、鸭，鸡鸭每天都下很多的蛋。农民夫妇晚上回来先把鸡蛋、鸭蛋收回屋里。可是，一连几天，一个蛋也没有见到，怎么回事呢？难道鸡鸭都不下蛋了吗？奇怪。农民决心探个究竟。

第二天，农民丈夫没有外出，悄悄地躲在屋内，从门缝向外看。院里的鸡鸭都下蛋了，草地上白花花的一片鸡蛋呢！农民正要外出捡拾，猛听的一阵风声，但见墙头上出现了一条大蛇，张着血红的大口，嘴里吐着舌头，可怕极了。这时，发生了一件奇怪的事情，鸡蛋、鸭蛋像长了翅膀向蛇的嘴里飞去，一会儿，草地上干干净净，而蛇呢，晃晃悠悠扭曲着身子不见了。

农民在屋里吓得连气都不敢出。"哎！这可怎么办啊？"猛然，他想起一个主意，他找了个布口袋，到海边拣了一口袋鹅卵石，鹅卵石跟鸡蛋差不多大小，全部摆放在草地上，然后，把鸡鸭都转移到他处藏起来。

果然，大蛇来了，它爬在墙头上，拼命地吸起来，可怕啊，鹅卵石也像长了翅膀被吸进蛇口里了，蛇的腹部慢慢膨胀起来。只见它猛力扭动着身子，但是，腹部的鹅卵石却不会被消化，蛇缓慢地向墙外的山上爬去。

这会儿，农民可看清了，这条蛇长约一丈，扁担粗细，因为肚子高高地鼓起，所以爬动得格外缓慢。农民想：畜生，你吃了我好多鸡蛋，我要看看你怎么办。他拿了个锄头防身，远远地跟着大蛇向前走去。蛇爬过了一条条山坡，穿过了一道道山涧，来到了崂山华严寺的后面的悬崖旁边。只见山崖旁边长着几棵小树，树上尖尖的嫩绿的叶子自己从来没有见过。大蛇在小树前面停住了，伸出了长长的舌头，在叶子上舔舔，再舔舔，仅半个时辰，就看到蛇的肚子一点点缩小，再缩小，竟恢复了正常。只听得一阵风响，大蛇竟然不见了。农民惊得目瞪口呆。

"什么宝物"连石头都能化，他悄悄地走过去，只见小树的枝叶被舐掉了不少。农民的眼睛一亮，"是宝物。"他用手摘下一片叶子放在口里，顿时，感到一阵清凉的感觉传遍全身，好舒服。就是眼睛也好像亮了很多。他急忙摘了一把叶子回到家中。"好香啊！你带什么东西?"老婆问他，他把经过一说，老婆吓得瞪大了眼睛，一看这些叶子，说：华楼宫后面也有这种树。哈哈，老婆，咱们发财了，摘树叶去！

多少年过去了，崂山人一直用这种叶子泡水喝，它给崂山人带来了幸福。如果您到崂山来，就会看到，崂山姑娘的皮肤格外细白，崂山农民80岁还在挑水、砍柴，就像60多岁的人一样，那么，这种叶子叫什么呢?

朋友们——告诉你们这个秘密：石竹茶！

崂山劈石口的传说

崂山巨石能擎天，石下妖洞万万千。
八仙天庭搬救兵，雷劈巨石除凶顽。

如霜的蓝月亮

此首民谣既说出了崂山的奇特，又说出了崂山自古出神仙志士，也多"妖魔鬼怪"，不然古代的蒲松龄老先生为什么要在太清宫写出了流传百世的聊斋志异呢？

且说在崂山北九水的下方，便是九曲十八弯的卧龙河，卧龙河边坐落着一个美丽的村庄，由于坐落在崂山北边，故名为北宅。这小山村地肥水美，果树成林，粮食年年丰产，小伙壮得赛金刚，姑娘皮肤嫩白细腻，个个如天仙。老人长寿百岁仍然鹤发童颜。但是就在元朝忽必烈进攻中原，建立元朝的第二年春天，村里便发生了不幸的事情。每到早上，村口就会出现突然逝去的路人或村民，他们的身上没有伤口，只有一片密密麻麻的针眼似的小红点，皮肤布满红色血丝，他们的脸都已经扭曲变形，看来是由于恐惧所至，还有的大闺女、小媳妇在夜间外出，也被糟蹋并死在街头，怎么回事？村民们充满了疑问，晚上天还没有黑，家家都关上院子大门，插好门闩，不敢外出。这事情十传百，百传千，很快传遍了崂山脚下的几个村庄。

一位北宅的村民叫李青，白天耕地的时候牛脱缰跑了，他在山上撵上牛回家已经是圆月高挂，他牵着牛经过村前的一座高山，就看见那山石怪立，阴气密布，不由地加快了脚步，他知道，此地的山座座有妖孽，洞洞有妖精。就是草木石头也能秉赋人的灵性，做了鬼神动物们的附体，出来伤害路人百姓。

就在即将走到村口的时候，只见山上一块巨石后冒出一团白雾，从雾中窜出一道"白光"直扑李青而来，李青被吓傻了，他知道遇到了妖孽，只得呆呆地等候这场灾难。但是就在这时，一个意外发生了，他牵着缰绳的老牛猛地甩脱了李青，向"白光"扑去，这场恶战，整整打了一个时辰，最后"白光"牢牢地扑在老牛的背上，老牛喘息着慢慢地趴在地上。只见放"白光"的那妖精身上长满爪子，像一根根管子，身长约5尺，它把管子插入老牛的头上，可怜老牛的血被吸进妖精体内，白光开始变红了。李青这下借月光看清了妖精是一只硕大的蜈蚣，趁它吸吃老牛血的时候，他赶快窜回家，顶上门。

看官有所不知，崂山在白垩纪时期是一片汪洋大海，后来地壳变迁形成万里崂山，崂山变迁，历史变迁，山下水肥地美，住着农人，山顶松柏成林，怪石林立，便驻着山神。山洞里还有修炼成精的妖魔鬼怪，妖怪多了，山神也降伏不了，反而对妖怪俯首称臣。现在你如果去崂山深处，到处可以看到八仙的遗迹，到处能听到神话传说故事。你看蒲松龄老先生描写的聊斋志异就会感到妖魔鬼怪当时的威力。有时，这崂山山灵是风，有时，崂山山灵是影，鬼怪妖魅应了风来，遁了形去，百年觉着灵气，千年便有灵感，万年与神相通，那些狼虫虎豹也不乏成精成仙的传说。

却说李青早已经成婚，夫妻恩爱有加，如门前卧龙河清溪长流，妻子种菜养畜，李青耕种打猎，闲适小两口经常漫步北九水，游乐山林，吟诗做赋，或者在一块青石上支一块画板，写意曙光，点染夕阳，任意摆布着山光水色，天地美景，除此之外，皆为蠢物，乐得忘却。今天遇到此祸，回到家中，急急说与妻子知道，妻子大骇，急忙上香念经，企求上苍保佑。

一夜下来，夫妻两人没有入睡，仔细盘算，老牛为了救自己被妖怪吃掉，以后如何应对妖怪，此事须请能人来除妖，算来算去，只有去华楼宫请道长下山，闻听华楼宫道长近日做法，便请来了位几位神仙道长，就是"八仙"。他们武艺高强，云游至此，专门降妖捉怪，帮助人们做了许多好事，他们肯定能降伏妖魔。待天刚亮，李青便扛起锄头，沿山路急奔，看官有所不知，这锄头镰刀都是山民的宝贝，上山可以当工具。遇到狼虫虎豹又可以当武器，前几日李青在山中采药遇到两只恶狼，想要吃他，他就凭着手中锄头打败恶狼，保得平安回家。大约走了两个时辰，李青来到了华楼宫，但见这华楼宫修的雕梁画柱，雄伟庄严，众位神像矗立山门，檐头百鸟朝凤，飞檐斗拱，阁外环饰雕栏游廊，站在游廊观景，山海风光，尽收眼底。门前站立道童急忙报于道长知道，让于禅房，道长闻听李青叙说沉思不语，李青跪拜："道长，请赶快救百姓吧，不然，那妖精还要害人啊！"

道长曰："稍安毋躁，待我与仙人老师相商。"说罢，向内室走去。道长速报给"八仙"知道，"八仙"气恼，曰：岂有此理！这都没王法了！咱们今晚就去降妖捉怪。趁月黑风高，老子与钟离权、张果老、吕洞宾、李铁拐、何仙姑、蓝采和、韩湘子和曹国舅八位上天来的神仙埋伏在山前的一个场院屋，待那妖精出来。眼看月明中天，没有任何动静，李铁拐摇身一变，变做一个亭亭玉立的姑娘，沿山路向村头走去，一边走，一边喊："爹爹，我回来了！"

如此喊叫，早惊动了等待吃人血的妖精，只听一声响亮，"白光"直奔姑娘而去，只见"姑娘"一扭身，抽出一个物件，原来是一根铁拐，照蜈蚣精劈头就砸，这时候"八仙"俱已经现形上前，把妖怪团团围住，雨箭密射，雹轰风击，拐砸剑砍，顿时，妖精的爪子被砍伤多处，妖精一看不好，一道白光，向山上逃去，众仙紧紧追赶，追到一个巨石前，妖怪竟然没有了踪迹。

老子双手合掌，口中念念作词：但见一阵轻烟处，有一个白发长者出现，原来是山神，吕洞宾上前斥责说："你乃山神，怎让妖魔横行，祸害百姓。"

山神答曰："崂山万物乃天地之功，非小神能制也，尤其妖怪多多，法力变化非小神功力所及也。恳求上仙施法降妖。此蜈蚣精在崂山已经修炼了500年，可以变化人形，呼风唤雨，每天靠吸取鲜血增强功力，在这个巨石底下，有一个大洞，深不可测，须这般这般。"

老子闻言方知妖精确实厉害，急忙奏明天庭玉帝，请雷神、天兵施法。须臾，崂山上空乌云滚滚，电闪雷鸣，一声闪亮，一声霹雳，高8米，长数丈的巨石竟像刀切一样被劈做两半，一个硕大的蜈蚣精在天火中化为灰烬。据事后调查，这次"八仙"做法请天神下山，闪电雷鸣九千九百九十九次，整个崂山有九千九百九十九块巨石被劈，也就是有九千九百九十九个妖精被降伏根除。此蜈蚣精是最大的一个妖精，被劈死后阴魂不散，流落山脚，后来转世为狐狸，又修炼千年，得成狐仙，此乃后话。

此番除妖，劈开了巨石，也开辟了崂山华阴至王各庄的一条道路，明代即墨县丞周瑶有《劈石口》七言绝句一首赞叹，文为："莲花片片削空青，华岳分峰仗巨灵。更向崂山挥玉斧，洞天有路不嶙峋。"

最近我们去崂山，王各庄村的老人介绍，1914 年 9 月 18 日，日军从崂山东麓的仰口湾登陆，分三路向青岛进军，其中一路经劈石口小路进军青岛，打败了德国占领者，可见劈石口小路在当时就有保卫青岛的战略作用。

1931 年 3 月，由当时任国民政府市长的沈鸿烈主持在古道旁边修建了由大崂至王各庄的盘山公路，10 月竣工，盘山公路全长 10 公里，命名为大庄路。从此古道少有人行走，逐渐被人们淡忘了。

今天，我们在崂山寻觅着神奇的故事，上上下下，来来回回跋涉攀登，看到山中到处是明净如画，林秀山俏，笛声悠扬，溪流淙淙。看到山中到处有象形石头赫然挺立，碰头石、恶虎崖、青蛙石等，我们沿着劈石口古道行进，涧深谷幽，风景秀丽，绿树成荫，花果飘香。我们快乐地在崂山继续着神奇的寻觅！

正是：八仙降妖称神奇，攀登崂山寻遗迹。

妖孽做恶天公治，留下佳话后人记。

第三辑 海韵、山魂、传说

崂山"石头"的传说

崂山是我国的道教发源地，历史悠久，水甜山美，自古就有南九水、北九水，所以青岛啤酒、崂山矿泉水举世闻名，崂山的水中富含各种利于人体的维生素，质量第一，闻名世界。

话说唐朝时代有一个安禄山事件，唐玄宗在马嵬坡赐杨贵妃死，太监高力士巧用宫女替代贵妃，杨贵妃带两个宫女荷花、荷叶被秘密转移崂山华楼宫。有诗证曰：贵妃出家华楼宫，旌乐歌舞顿时清。千姿百娇昨日事，香烟缭绕木鱼声！

杨贵妃来到崂山出家，由皇宫的豪华生活到修道的清苦，由歌舞升平到颠沛流离，惊、吓、劳累，病到在华楼宫。

华楼宫的玉虚道长诊脉开药多服，但是杨贵妃服药总是不见好转，这时，消息发出，急坏了太监高力士，他派快马传令玉虚道长贴出告示，谁能治好杨贵妃的病，将给予重赏。

却说在崂山脚下有一户人家，房小屋矮，院子也不大。步入中年的老俩口靠种地、卖柴为生，日子过得挺艰难。老两口有一个已长大成人的孩子，名字叫石头，虽然长的一表人才，有一把子力气。但由于家里穷，还没有说上媳妇。

有一天，石头到附近山上打完柴，正挑着柴担子下山往家赶。走得累了，就把柴火担子放到道边，歇歇气儿。这时，有一只狐狸奔窜着逃到他跟前，只是往他的衣服里钻。石头看到一只恶狗紧跟着扑来，石头抢起扁担，向狗腿扫去，恶狗嗥叫一声，瘸着腿逃去，石头放出狐狸。这时，狐狸向石头拜了两拜就走啦，一会儿，又转了回来，口中叼着一个布袋，送给石头，石头打开看，里面全是竹子般的草叶，这是怎么回事？你看那狐狸，竟然开口说话："石头，里面有神药，可以当茶饮，娘娘得怪病，非你不成功，成功莫要财，只要荷花做媳妇！切记、切记！"说完，一溜烟不见了！

天黑了，石头也挑着担子、背起布袋回到家。娘已将饭准备好，石头边吃饭边把今天上山砍柴把狐狸救下，狐狸送药的事情讲给娘听。娘是行善之人，平日里行善积修之事也没少做。听石头说后，暗暗称奇，便称赞石头做的对。就在这时，石头他爹上集卖柴火回来了，说："集市上贴出了告示，在华楼宫有一个香客病了，据说是京城来的娘娘，道长奉官家指令，找人救治，救治好有重赏。"石头娘赶紧把石头今天的巧遇给他爹说了，他爹爹一听，知道是狐狸报恩，去山里给娘娘治病必然成功，就在第二天，带上石头，爷俩爬山去华楼宫给娘娘送仙药治病了。

却说玉虚道长把石头带来的药草给娘娘煎服后，娘娘顿时耳清目明，病体痊愈，娘娘心中大悦，急忙命宫女取出许多金银珠宝和首饰让石头选，石头摇头不取，娘娘问："你要什么，尽管说，我要尽量满足你的一个要求。"石头他爹上前半步，跪下磕头说："我们家什么都不缺，只是孩子老大不小了，还没有媳妇。"娘娘听罢，寻思，自己已经出家了，回京城是万万不可能了，自己带的两个宫女也是美若天仙，留在身边出家合适吗？也罢，不如嫁给石头一个，也好成就一段姻缘，问站立在身边的荷花、荷叶："现在我已经出家，不需要你们继续照顾服侍了，你们愿意嫁给平民百姓吗？"荷花、荷叶本来就是穷人家的女孩，宫中的寂寞，战乱的惊吓，使她们早就想飞出牢笼，但是皇宫规矩森严，不敢越过雷池半步。现在听娘娘说话，双双跪倒在地，口中喊道："但凭娘娘安排！"

贵妃娘娘对石头说："你看好哪一个了，就对我说。"

石头看到两个天仙似的宫女，他不知道哪个是荷花，只是低着头说："我要荷花。"娘娘听罢，知道这也是缘分所至，把荷花这个最心爱的使女送给了石头。

石头和荷花成婚后，夫妻恩爱，孝敬父母，荷花果然能干，炕上地下，家里家外都是一把手。老俩口看在眼里，乐在心里。别说，自从这荷花进了他家门，他家的庄稼收成格外地好。同样是种玉米、大豆，他家的就比别人家的多收成许多。

日子过得不错，家里边也慢慢地殷实了起来，也逐渐有了积蓄。靠着积蓄，房子也重盖了，由原来的两间小草房变成五间宽大明亮的瓦房，院子也扩大，垒起了高高的院墙，院内还盖起了东西厢房。一来二去的，小两口也有了两个孩子，一个男孩，一个女孩，小日子过的很是红火。

他家的事业渐渐地大了，又开了豆腐坊，还雇了长工。在村中已很是富裕的人家了。

多年以后，老两口先后仙逝，小两口也变成老两口，荷花也变成了女主人。家道虽然不算大户，但依然殷实富足。荷花治家很有能力，一切生产生活都由她安排。

这一天，荷花突然对石头说："娘娘又病了，想我了，得赶快给她再送些草药去。"石头说："那些草药是狐仙给的啊，咱们怎样找狐仙呢？""那你赶快去当年救狐仙的地方，喊胡姐姐，我来了，就可以了！"荷花说。

石头按照荷花的吩咐，取到草药，给娘娘送去，果然，娘娘在病中，看到荷花的到来，很是高兴，服药后，问石头神药的来历，石头说起当年救狐仙的情景，娘娘泪如泉涌，说："昨日梦仙人指点，我和荷花、荷叶前世都是崂山狐仙，因为修炼成正果，投胎做人，你所救狐仙，正是我们当年一起修炼的姐姐。谢谢你！"说罢，起身下拜。娘娘又说："此药名乃石竹，可以入药，可以冲茶，治病防病，尤其对瘟疹痰湿热毒症有特效，乃崂山神草是也！你回去再去求狐仙，让她如此如此，把药种给你洒在北九水两侧，长成后为民间造福。"石头、荷花连忙称是。

石头按照娘娘的吩咐，找到狐仙，便引起一段狐仙姊妹重聚在华楼宫，继续修炼成仙的故事传说。从此，石竹茶也在崂山普及开来，后来在元末明初，胶州、即墨一带流行瘟疫，唯独崂山周边没有殃及，此乃石竹仙茶之功也！而石头的奇遇在崂山一带也广为流传，也算是狐仙的一段佳话吧！

诗曰：道家圣地东海崂，仙气灵水雾缭绕。灵狐蛇龟皆修炼，奇花异草长生药！

第三辑 海韵、山魂、传说

139

青岛贮水山的正月山会

转眼间，一年即将过去，又进入 2008 年的腊月，我的思绪又飞回了新春正月的贮水山。

贮水山除因风景秀丽闻名岛城，在 20 世纪 60 年代到 80 年代还是全国闻名的鸳鸯山，每当夜幕降临，那林荫小道，那松树下，石拱桥上，荷花湾旁边，那一百零八级台阶的大理石板，到处是一对对谈恋爱的青年男女。据民间传说："谈恋爱的青年男女只要踏上贮水山，那爱情就会成熟许多，登上百级台阶在台阶的花岗岩石板上一坐，那爱情就板上钉钉了。因为八仙之一张果老每天傍晚都要来这里散步，他撒下的爱情花粉在空气中传播，情人吸入后爱情会扎根在心中的。"就是这么个系结人间姻缘的好去处，青岛市北区政府又把萝卜会和元宵山会都定在贮水山。每年的正月初九到正月十五，这里成了市北区的正月山会。商家云集，赶会的人流如潮，前来设点交流，企业、个人的各类商品琳琅满目，与会人员每天达百万人次。除了萝卜的销售量大外，由文化部门组织的集食品、艺术于一体的萝卜艺术雕刻大赛，更是活灵活现，就在 2007 年那年的正月山会，就发生了那么一个动人的故事！

山东潍县南关有一个杨家庄，那里的萝卜又甜又脆，闻名全国。村里出了个年轻后生名字叫杨宾，他的父母只有他一个儿子，且体弱多病，需要照顾，因此，杨宾这后生大学毕业以后哪里也没有去，直接回到家中，帮助爸爸、妈妈照顾家中分到的 3 亩土地。由于他勤快，施肥浇灌，科学种田，他栽的萝卜格外好吃。他又专门割出一块地种花、牡丹、月季、玫瑰供应城里的鲜花店。一年下来，收入也很可观。每年秋收结束后，他就用萝卜练习雕刻艺术，各种各样的花朵、各种各样的小动物，他都刻得栩栩如生。他后来大胆创新，在家里用萝卜雕刻了一条中华龙，连接起来，很有气魄，也很可爱。他在家每天阅读食品雕刻的书，年龄越来越大，当父母的也着急起来，应该是娶妻生子的年龄了，不孝有三无后为大。所以，老娘就天天唠叨，谁知，杨宾却下了决心，非要娶个有文化的才女。

他的刻画萝卜的手艺惊动了当地政府的文化部门，在政府有关人员的牵头下，他带着一车萝卜来到了会场：绿色牡丹、红色月季、紫色葡萄、翠色首饰等在他的刻刀下栩栩如生，他雕刻组装的一条长6米的中华巨龙像玉石翡翠雕刻的，每一个鳞片都在闪光，盘旋腾飞在他的汽车上。他的甜脆萝卜也使许多购买过的人都返回购买，也就在这时，一段姻缘降临他身边，"您的萝卜不要卖了，我全包了。"说话的是一个二十五六岁的漂亮姑娘。

杨宾看了一下姑娘说："那后面排队来买的顾客怎么办？有些人都等了好长时间了啊！"

"我不管，您看着办。"姑娘忽闪着两只大眼，干脆地说。

"给我留下地址，我明天给您送一车好吗？"杨宾商量着说。

买卖成交了，原来这位漂亮姑娘是岛城一个私营大酒店的经理，曾经在酒店管理学院本科毕业的高才生，她品尝了这真正的潍县萝卜，见识了这年轻后生的雕刻技术，就想了解一下这后生的底细，这两天她派人专门去调查了一下，知道这小伙的文化、家庭和为人后，不由地在心底生起爱慕之心。后来，这农村小伙杨宾真的成了她的丈夫，他在潍县的几亩地成了酒店的蔬菜基地。杨宾和他的父母都住进了青岛。这是"贮水山"的正月山会的一段佳话。

据记载，原云溪庵位于台东道口路，始建于元代，属道教庙宇。过去，民间有"正月初九吃萝卜不牙疼，可防百病"的说法，因而萝卜就成了正月初九庙会上的主要商品，庙会也就被人们称为"萝卜会"。如今的萝卜会得到了各大宾馆、饭店、企业的响应。各种商品都赶来凑热闹，带动了市北区经济的发展。另外，由民间艺术工作者参加的剪纸、编织等现场表演比赛，同样受到广大群众的赞赏。由于我童年就是在贮水山长大，因此对贮水山格外钟爱，每年庙会必去光顾品尝萝卜，当听说发生了这样一段佳话，便找到青岛市美食家协会的副会长，本次萝卜雕刻大赛的评委董老教授，让他帮助沟通一下对此佳话进行采访。没几天，董老教授笑着回复："神仙做媒，谢绝采访！"请您帮助宣传宣传，如果青年人还没有结婚，一定要记住来"贮水山"山会品尝萝卜。

我爱"贮水山"，我爱"贮水山"的正月山会，虽然已经退休，但是还愿意游贮水山，那里的一草一木、一树一石、樱花路、荷花湾、一百零八级石阶，都是我童年熟悉的地方。现在，美丽的"贮水山"天天在变样，在前进，在发展，一个以高科技电子信息城为核心的现代化的商业区已经形成，明天的"贮水山"会更加繁荣，美丽！

漫谈酒与文字

每当朋友们相约而聚，打开一瓶芳香四溢的好酒，把一杯杯沉浸了芳香与苦涩的美丽汁液倒入口中，感慨万千，思绪万千，当然，人的经历不同，便有了许多的不同滋味吧！

我年幼时喜欢读书，《封神演义》中众位神仙喜欢饮酒，而纣王也因为喝酒好色误国，仙人申公豹喝酒丢命。《水浒》中宋江好酒，题反诗入狱。李逵好酒，屡次饮酒闯祸，便对酒有了一种偏见，不再喜欢喝酒。可是偏偏我的父亲好酒，豪饮一瓶高度白酒也没有醉意，在他的影响下，我的几个弟弟都喜欢喝酒，每次喝酒，大碗白酒大碗肉，不喝醉不罢休。所以，尽管在那插队的知青年代过着衣食无着落的艰苦生活，回青岛看望父母时也要用半麻袋地瓜干去潍坊白酒厂换上 10 瓶坊子白干带回青岛孝敬父亲。随着岁月的流逝，父母都已经故去，我们弟兄们的年纪也大了，也都患上了不同程度的高血压、动脉硬化，为此，弟弟们的白酒也喝得少了，听说葡萄酒利于健康，开始喝葡萄酒的机会多了起来，葡萄酒，甜甜的，有利于健康，我也开始加入喜欢喝葡萄酒的聚会中。

大家在一起聚会，举起细细高高的玻璃杯，让暗红色的葡萄酒液体在妩媚而妖冶中来回荡漾，阵阵葡萄酒芳香四处飘溢，倾口而入的那一瞬，您能猜到吗？我能品的是至醇的爱情还是涩然的人生？还是茫然、恍然，是谁都无法潇洒地言说？饮酒所承载的文化，源远流长，随着历史的演变而演绎着、丰富着。"非酒无以成礼，非酒无以成欢"这个道理一直影响着人们的交流与友谊。

还在上学的时候，就在书中读过酒的酿造神话："当初，一个酿醋的师傅无意中酿出了一锅黄色液体，倒入坛中，略有微微酵香。尝了尝没了酸味倒有了香味，味道也还可口。可这是什么东西，又该起个什么名字呢？酿造师傅不解，抱起一个坛子去请教深山的神仙大师。神仙大师捋着胡须微微一笑说：你去西山下的杏树林，务必在酉时过去之前取三人各一滴血放入坛中，回家埋入地下。九九第八十一天的酉时取出，此汤即成佳酿，酉时添三点可为佳酿之名——酒。

酿造师傅早早赶去西山杏树林等候。好久，小路上走来一位白面书生。师傅上前说明个就，书生折弯树枝刺破无名指挤出一粒血珠滴入坛中，谦恭一笑离去；不一会儿，传来烈马嘶鸣，一位红脸武士纵马过来，师傅急忙上前拦下武士道出苦衷，武士大笑，拔剑划破中指向着坛口弹进一滴血，打马长啸而去；眼看百鸟归林，暮色渐浓，落日将尽，幽幽小路不见人影。师傅情急，沿路寻去，终于看见一个人疯疯癫癫、跌跌撞撞、语无伦次地绕着树狂转，原来是个疯子。酿造师傅无奈抓过疯子的食指一口咬下，将血滴入坛中。大功告成，封好坛口赶回家去，将坛子埋入家中的杏树下整整九九八十一天。解封开坛那天，方圆百里不少好奇的人赶来围观。酉时到，酿造师傅点燃三炷高香，净手开坛。掀开坛口的塞子，顿时酒香四溢，引来众人惊叹欢呼。师傅将酒倒入碗中，敬请众乡里，人们迫不及待地抢上前去捧碗喝下。不一会儿，众生百态。正合了书生、武士和那不省人事的疯子。那时候的酒也只是米酒，一种度数很低的酒。

现在的葡萄酒，原始的酿造工艺也只是把葡萄和糖放入坛中，任其自然发酵，时间长了就成为酒，现在的酿造工艺也不过如此。当然，现在市场葡萄酒的品牌很多，优异品牌的要数法国葡萄酒最为著名。记得20世纪80年代，我国刚开始改革开放的时候有这样一个故事：一个流浪汉溜进岛城的高档大酒店，夜晚藏在大酒店的厕所里躲过了门卫，在人们熟睡的时候到厨房连吃加喝，打开酒柜取出洋酒，喝了陈年的人头马和伊里莎白酒各一瓶，不觉醉去。醒来一看，已经进了派出所。仅仅那一晚，他给酒店造成的损失就超过了数万元，自己也进了牢房。

葡萄美酒夜光杯，欲饮琵琶马上催。醉卧沙场君莫笑，古来征战几人回。玻璃酒杯一次次地被举了起来，又一次次地被斟满，暗红色的芳香与妩媚伴随着快乐的话语在酒店的雅座婉转流淌，什么酒好，无须我在这里叙述。"研究研究，烟酒烟酒"味之醇，度之高，全转在众人的酒囊饭袋里。

酒是大自然赐予人类的琼浆玉液，酒是液体火焰。

饮酒不仅仅是为了悦口之味，更重要的还在于在这一活动中熔铸了深层的精神内涵。

但是喝酒还是与好友在一起随意喝才有良辰美酒的感觉。"两人对酌山花开，一杯一杯复一杯。我醉欲眠卿且去，明朝有意抱琴来。"

饮酒促进友谊，饮酒点燃激情，创造着美好的意境和文字。

春节就要到了，在这良辰佳节之时，举起酒杯，共饮葡萄美酒，讲述着我们的未来和走过的人生故事，用诗的文字记述我们的人生！

第三辑 海韵、山魂、传说

十月初一话鬼节

今年的农历十月初一，我们北方已提前进入冬天，降温、狂风、飞雪，加上甲流的传播，使天地增加了寒意，使医院增加了许多病号，使岛城冬天的气氛更加严峻起来。随着"小雪"的来临，寒夜便悄悄裹着冷街大厦，干扰着人们的美梦。树叶在寒风中变黄落下，街道两旁，寒风扫着秋叶飞跑，旧历十月一日（鬼节）就要到了，是进入寒冬季节的日子，遇到旧风俗中的鬼节，也使冷的色彩更加浓郁。鬼节是怎样起始流传下来的呢？记得有许多传说，给我印象最深的传说是我国古代蔡伦刚发明造纸的时候，买卖很好，蔡伦很快成了巨富。当时有个说法：人要富，学习造纸术。但是蔡伦是不会把技术传给外人的，蔡伦有个嫂子叫慧娘，聪明伶俐，慧娘为了发家，就让丈夫蔡莫向蔡伦学习造纸技术。还没有学得熟练便急急回村开了一家造纸作坊，但蔡莫由于技术太差，他造的纸，颜色发黄，表面粗糙，卖不出去，积压了许多许多。看着仓库里积压的黄色粗糙的纸，夫妻二人很是着急，蔡莫的妻子慧娘是个绝顶聪明的人，为了摆脱困境，便想了一个办法，让丈夫如何如何……一天在村头上和村里人闲话针线的时候，慧娘突然口吐白沫，仰面倒地。丈夫急忙把她抬回家请医生急救，但是，医生无法判断病因，只见慧娘不断惊厥，牙关禁闭，于夜间离开人世。蔡莫伤心欲绝，把她装进棺材，在她的棺材前号啕大哭，他恨自己的技术酿成大祸，就边烧纸边哭诉："我想让你过好日子，跟弟弟学造纸，不用心，造的纸质量太差了，竟把你气死了。我要把这纸烧成灰，来解心头之恨，也请娘子泉下有知，莫责怪夫君。"街坊邻里乡亲们与慧娘家关系很好，都来看境况，帮忙，以为慧娘真的气死了。只见蔡莫烧完了一堆，又抱来一堆纸烧，烧了一阵之后，只听见慧娘在棺材里喊："把门开开，我回来了。"这可把人们吓呆了，丈夫急忙把棺材打开，只见慧娘坐起身，两手舞动，装腔作势地唱道："人人都晓金钱好，阳间阴间离不了。蔡莫烧纸送金钱，阎王小鬼都知晓，今日放我回阳世，传播阴节福音到。"她拖长声音唱了许多遍,然后又站起来说:"大家不要害怕,我昨天被牛头马面带到了阴间,正要受刑法,被一个押司模样的人喝住,他说:她丈夫蔡莫给我们的阴间送了许多钱,这时,就有许多小鬼帮我抬钱,真是有钱能使鬼推磨。阎王、三曹官、押司、牛头马面都向我要钱,我把全部的纸钱都送了他们,阎王下令,打开地府后门,放我回来了。"蔡莫故意装作糊涂说:"怎么回事,我并没有送钱给你啊?"慧娘说:"开始我也不知道,听押司对我说,你烧的这种黄纸就是阴间的钱,你赶快给我们的父母烧一些,让他们在阴间也少受些苦。"听慧娘这样一说,蔡莫又抱了几捆纸,并在上面写下孝顺的字样,烧给他的父母。街坊邻里乡亲们一听,便信以为烧纸有很大的好处,都纷纷向蔡莫买纸。慧娘也慷慨地送给乡亲。这事一传十,十传百,远近的乡亲都来买蔡家的纸,烧给自己死去的亲人。不到两天,蔡莫积压的纸被抢购一空。夫妻两个可高兴了,而蔡莫的厂子以后就把纸浆的次品下脚料专门生产这种粗糙的黄表纸,用来让孝子贤孙们给故去的人送钱!故事中慧娘"还阳"那一天正是农历十月初一,因此,后人就把十月初一定做鬼节,都在十月初一祭祀祖先,上坟烧纸,以示对祖先的怀念。还有许许多多的传说,许许多多的故事在民间流行,我就不一一介绍了。在我脑海中印象最深刻莫过于父亲在世的年代,每到十月初一鬼节,还有年三十,总是虔诚地用毛笔写下爷爷奶奶等祖先的名字牌位,燃起香火,摆上供品,买了好多纸带我们孩子去大街十字路口烧,烧纸的程序是这样:先用水在地上画一个圆圈,朝西南方向要留口,那是鬼门,然后把画好写上名字的黄表纸划好放在圈内,燃起火,要拿几张纸在圈外烧,是分给那些无人送钱的野鬼幽魂。烧纸的时候,父亲总是拿一根木棍,来回拨弄着火焰,让纸烧透,孩子们围成一圈看这火焰在跳跃。每当我看到那纸灰在空中飞舞,就好像看到爷爷奶奶真的来取钱了。现在,父亲母亲都已经离开了人世,我们也重复着父母曾经做过的虔诚。随着年龄的增长,转眼间已经到了花甲之年,目睹社会上的种种怪癖和不公现象,伸张正气,宣传人道也是自己思想的一种追求,也理解了蒲松龄老先生为什么在晚年客居崂山太清宫写下流芳千古的巨著《聊斋志异》,理解了现在人们对宗教和迷信的虔诚。无论是民间传说、神鬼故事,还是人们对先祖的思念,信迷信也好,不信迷信也罢,都是对人们的日常生活有一定的警醒作用。上周日,我和格里跟山东省作家协会的王老师、胡老师几个人驾车50多公里去恐龙的故乡恐龙谷去参观，看到那像三层高楼一般高大的恐龙骨架高高矗立，一堆堆的骨架布满了长长的山谷，不由得为地球悠久的历史、大自然的鬼斧天工所倾倒、叹息。如来、玉帝、龙王、阎王、神仙、鬼怪都是来源于历史，来源于社会，来源于大自然的神话！当我们从怀念祖先的思绪中走出来，明天又是我们的主要话题，天气冷了，要多加衣服，家中的暖气热了没有，还有我们的创作计划，明天写什么？亲人还是要祭奠的，鬼节的纸钱还是要烧的，往事还是要怀念的，明天的路还是要走的。总之，冬天是要过去的，春天很快就要来的！

如霜的蓝月亮

胜利桥的诉说

　　在青岛四方区与李沧区的交界，有一座矗立了将近30年的大桥，人们称它为胜利桥，这座桥建造于1973年冬天，它是连接李沧区与四方区的枢纽。在这座桥以前，这里只是一座宽10米的漫水石板桥，每到下雨天，李村河水从上游下来，整个河床水汪汪的一片，根本没有桥的影子，这时，连接李沧区与四方区的交通中断，许多汽车只得绕道而行，因为连接市区只有靠火车铁路和另一条小白干路两个途径了。记得在1973年夏天我还在沧口上班的时候，青岛下了一场大雨，那场雨整整下了一夜。我坐7路汽车到了造纸厂车站，汽车就不开了，我看到浩浩荡荡的大水夹杂着木头、杂物向大海冲去，远处两辆拖拉机停在河水中间，已经即将被淹没。直到第二天，雨停了，水才下去，我们才恢复上班。为了解决交通问题，当时的青岛市"革命委员会"决定修一座大桥，仅仅只用了两个月的时间，胜利桥就在"大干快上"的口号中建成通车了。在胜利桥的西侧就是青岛造纸厂，它的旁边，有一条没有盖板的臭水沟，那时我们坐车经过，就怕那条臭水沟的臭味，几百米外就憋住呼吸，掩着鼻子。等汽车冲过那个区域，方才长长地舒口气。在造纸厂的东侧是青岛化工学院，也就是现在的青岛科技大学，往南，就是前哨机械厂，木工机械厂。当时这些企业之间没有柏油路，只是沙土小路，汽车经过，沙土遮天蔽日。记得在1980年，我为了销售我们公司的海水浴场更衣证，走遍青岛市的各个企业，看到一片片的庄稼地，一堆堆的垃圾山，晒着大粪干的片片闲置土地，遍布企业周围。据说，这里是阎家山村的土地，村民当时还是农村户口编制。由于没有汽车的连接，我每年都步行走遍各个偏僻的企业。转眼间30年过去了，胜利桥已经多次维修，扩建，胜利桥的周边地区也发生了巨大的变化。由于我现在打工的房地产公司承揽了开发拆迁改造洛阳路和郑州路的规划，我和许多同志们开始每天走访于洛阳路、郑州路、阎家山等原来厂区宿舍的家家户户。在居民密集分布的大街小巷，周边地区的变化令我感到吃惊，青岛造纸厂旁边的臭水沟没有了，原来河床已经覆盖，臭味也没有了，到处是绿树成荫的街道。各个现代化的生活小区相邻，真是没有当年破烂不堪的旧面貌了。经过半年的调研动员，我们就要改造的厂区宿舍已经开始搬迁，未来即将是23万平方米的一座座12层的小高层公寓房矗立在这个小区。原来的阎家山村再也看不到以前的模样，现代化的气息、现代化的街道、现代化的小区已经在您的面前展开，我不由得想：祖国在前进，时代在前进，我们要紧跟时代的步伐，焕发青春，在霞光中继续前进，为了建设青岛，建设四方贡献力量！

海云庵糖球会

在青岛，一提起四方海云庵，那是无人不知，无人不晓。尤其说起海云庵糖球会，从农历正月十六开始，庵内香火鼎盛，庵外摊贩云集，百货杂陈，赶会群众人山人海，络绎不绝。至今已有 500 年的历史，确实值得称道。

海云庵位于青岛市四方区海云街，始建于明代，传说当时海运街是一个鱼村码头，那时渔民下海打鱼，归来卸舱就在这个码头上，村里的人为了乞求平安，海神娘娘保佑，就在村头建立了一个小小的神庙，烧香供奉，乞求海社龙王保佑，乞求海神娘娘保佑，保佑出海的家人平安归来并企求丰收。在明朝期间，道教盛行，百姓们又集资扩建了殿堂，修建了大院，此时的海云庵就颇具规模。海云庵道观建立伊始，取"海为龙世界、云是鹤家乡"之意为名，并以每年农历正月十六为庙会。庙会时庵内香火鼎盛，庵前的海云街摊位云集、百货杂陈，与会者扶老携幼、摩肩接踵、络绎于途，历五百余年而不衰。

民间传说：正月十六吃糖球不牙痛，吃了糖球一年日子甜甜蜜蜜。还有个古老的传说：当时的村民因为饥荒，在海边吃海菜太多，大部分都有消化不良的疾病，当时海云庵的云霞大师深通医术，便开方用山楂在白糖中加热教给村民服用，村民为了治病就交流这个圣药，按照大师的指示便把此方制作成了糖球。村里百姓各家制作的糖球风格各异，都在正月十六这天出来交流，因此，庙会上卖山楂糖球的特别多，久而久之，便习称为"海云庵糖球会"。"文化大革命"期间，海云庵被封查，糖球会被红卫兵"破四旧"暂时停办，庙堂被占用。后来在 1986 年，青岛市恢复了这一深受群众欢迎的民俗节日，当时会期定为 3 天。庙会之日，周边交通拥挤，车流改道，会场内茂腔、柳腔、皮影、杂耍、剪纸、年画、秧歌大赛、锣鼓大赛等民间艺术活动丰富多彩，许多厂家和个体经营者制作的造型各异的糖球琳琅满目，各种风味小吃和手工艺品应有尽有，前来赶会的中外游客每年都在百万人之多。

团团圆圆、红红火火、吉祥如意，"海云庵糖球会"深受老百姓喜爱，因此，青岛市也有了从明代至今五百多年历史的糖球会，它是青岛市规模最大的民间庙会。

现在的四方海云庵是四方区的文化、商业中心，加上四方区人民政府用主办"海云庵糖球会"，使之成为集经贸、文化、旅游等活动为一体的新型旅游节庆活动。海云庵附近，高楼大厦林立，商场超市密集。海云庵糖球会上的摊位每年5000余个，参加商品交流的工商企业达几百家。利用这个平台，有力地促进了四方区的经济发展。并且接待了美国、俄罗斯、英国、法国、日本、韩国、玻利维亚、港澳台等10多个国家和地区的游客，打出了青岛四方海云庵糖球会的品牌，促进了四方区的经济发展。在1991年，"海云庵糖球会"就被列为国家重点旅游项目和青岛市建置百周年纪念系列活动内容。台湾著名艺人凌峰率《八千里路云和月》摄制组拍摄了第二届"海云庵糖球会"盛况。在2005年，"海云庵糖球会"又荣获"中国十大民俗节会"称号。目前，"海云庵糖球会"已经成为全国知名的品牌盛会和全国人气最旺的民间庙会之一。

现在的四方海云庵还是青岛市的宗教旅游名胜，每年善男信女前来烧香供奉，瞻仰民族文化的人流如梭，庙里经声琅琅，是我国神学文化的一个基地。

现在的四方海云庵正在焕发青春，为四方区人民，为青岛市人民做着非凡的奉献！

第四辑
瀚海、浅滩、
随想、拾贝

如霜的蓝月亮

泉城采风——访许评

2008 年的冬天，风雪、严寒不时地造访岛城，岛城一片寒彻，但是就在 2009 年新年这天，风雪停了，天气转暖，借元旦休假的时机，我们"蹉跎岁月"论坛的朋友们在岛城文坛不老松吕铭康老师的带领下，于 2009 年元月 2 日登上了赴泉城济南的特快"和谐"号动车组，去拜访我国的文坛前辈著名的散文家许评先生。

许评先生今年已经 82 岁高龄，他在 1944 年开始业余创作，是我国著名的散文家。我们论坛在 2007 年出版的《琴岛情韵》散文集有幸得到了他老人家给写序言，这是我们全体《琴岛情韵》作者的荣耀和自豪的大事。今天，能与这位革命老前辈、我国文坛的领军人物见面，心中感到非常激动和高兴。

我们的会见安排是在 2009 年 1 月 2 日下午 4 点，在山东省出版社大酒店进行，当我们风尘仆仆在下午 4 点赶到酒店的时候，许评老师早已经等待在接待大厅了。只见他高高的身材，清瘦的面容，朴素的衣着。他目光深邃，是一位饱经风霜、学问渊博的人。当他和我们一一亲切握手，听取了吕铭康老师的汇报后，他表示：支持我们驻青岛的山东散文学会会员的创作热情和组织的征文、笔会活动。并且通知山东散文学会的会长张永顺，副会长戴永夏，秘书长王展参加对我们的接见。

我们这些长期工作在企业的业余创作者能得到他老人家的肯定和支持，能占用他老人家和山东省文坛的领导们在元旦节日的宝贵时间接待我们，使我们在场的每一位朋友都感到非常感动。多年来，我们大家都在追求文学，利用一切工余以外的时间追求文学的发展。每当在报纸、杂志发表自己的一篇文章都会感到欣喜若狂，我们知道，眼前的许评老前辈在文学创作中硕果累累。他的多部作品获山东省颁发的泰山文艺奖；《水浒少年》获省委宣传部、省作协、省出版总社联合颁发的新中国成立50年优秀儿童文学作品奖;《新梁山英雄传》获中国解放区文学研究会颁发的优秀作品奖。

我们喜欢文学,所以走在一起。哪怕是在网络论坛,也想实现我们的文学梦。我喜欢文学,因为在艰难困苦的蹉跎岁月里,从文学中,我的精神食粮获得了很多很多,以至于在每天结束打工之余利用点滴时间开始我的创作,我们论坛的许多朋友也是如此。

记得我刚从学校毕业,孤身插队在农村,我的内心寂寞飘荡找不到归宿,我就选择了文字,选择上了文学创作。我用诗歌和散文把温暖的思念写在笔记本上,对母亲无限的爱,对家乡海边的眷恋,对童年的全部怀念。春天的耕耘,夏天的灌溉,秋天的收获也都写在笔记本上。当我在回忆我的过去时,我就打开笔记本,我似乎又回到了童年,看到了青春时代。文字的力量就是那么强大,让你在安静的思念中回到过去,返璞归真,回到那灿烂的黄金岁月。写文字,表达感情,表达思考,记得在1973年,青岛市诗画廊风行街头的时候,我们为了发表一首诗歌,曾经跑遍青岛市内四区的文化馆,投稿诗画廊,为了在油印的杂志发表一篇散文、小说,经常坐在主办老师的对面,恳求他们帮助发表。那时,我们的目的只有一个,就是追求我们的文学梦,追求寻找生活中的饱满与快乐。

许评老师今年82岁的高龄,虽然已经是人生的秋天,但是对于我们的许评老师来说:秋天也是一道靓丽的风景,正如诗中说的:"蛟影秋风挂魄洁,月华如水照清绝。""千花俏丽灿苍穹,万里飞霞映翠红;远眺长河帆稳固,秋光尽在画图中。"

千佛山下的泉城,不但风景秀丽,神奇万千,而且养育了勤劳而智慧的人们,哺育了山东文学的发展。趵突泉水奔涌不息,人杰地灵。千佛山,犹如亭亭玉立的少女,向世界展示着自己的丰姿卓韵,招徕中外游客。我和参加笔会的朋友们一起漫步在泉城广场,看到走在前面的吕铭康老师,不由得想:我们的文坛正是有许评老师、吕铭康老师这些许多许多的不老松,我们的文学发展才能永远繁荣茂盛。

蓝色的月亮告诉我:收获的秋天最美;天上的太阳告诉我:金色的秋

如霜的蓝月亮

156

天最美；蓝色的大海告诉我：彩霞中的秋天最美，秋天也是一首最壮丽辉煌的生命赞歌，我们也走到了人生的秋天，学习许评老师，发扬许评老师孜孜不倦的创作精神，让我们的真情在梅花中开放！

第四辑　瀚海、浅滩、随想、拾贝

红腰带

　　晚上，接到儿子的电话："爸爸，我给您买了条红腰带。""买红腰带做什么？"我不假思索地问。"2009 年牛年，是您的本命年。"儿子的提示，使我想起了我的生日。

　　俗话说：穷人命贱。在地球村生存了将近 60 年没有正儿八经过个生日，我属牛，我妈妈也属牛，妈妈健在的时候，她就没有认真地过一个生日，也就是吃个面条，多炒个菜。从来没有在本命年去购买什么红腰带或请个玉菩萨等神灵保佑。很难过的是，爸爸、妈妈两位老人家都已经仙逝了。我真还没有想过，2009 年，远方工作的儿子在我这个 12 年一遇的本命年会送我红腰带，记得我的生日。在电脑上搜索一下才知道本命年系红腰带、戴玉坠是我国从西汉年间就开始流行的民间习俗，是 12 年一遇的农历属相所在的年份，俗称属相年。在传统的历史习俗中，本命年在民间常常被认为是一个对健康和命运不吉利的年份。俗话说："本命年犯太岁，太岁当头坐，无喜必有祸"的民谣是关于本命年不甚吉利的最好写照。故民间通常把"本命年"也叫做"过门槛"，也有的说法是"过关年"。即度过本命年如同迈进一道槛儿，过一个生命的关口一样。每到本命年时，汉族北方各地，不论大人小孩都要系上红腰带，俗称"扎红"，小孩还要穿红背心、红裤衩，认为这样才能趋吉避凶、消灾免祸，保佑其在本命年里平安顺利。老人戴上玉坠、玉如意、玉菩萨，保佑老人健康长寿。因此。每年一到临近春节的时候商场里、地摊上，到处都能看到卖"吉祥带""吉祥结"的红黄绸带的，买来扎在身上，不仅看着吉祥，也为过年增添了许多的喜庆。我国民间的阴历计算，人们都是用甲乙丙丁、子丑寅卯等天干地支的组合来记住所生的年份，为了便于记忆和推算，人们就采用鼠、牛等 12 种动物来与 12 地支相对应的方法，每年用其中的一种动物来作为这一年的属相。人生本命年为 12 岁、24 岁、36 岁、48 岁、60 岁……我国许多民族都有重视老人的 60 岁生日的习俗，俗称"花甲"，花甲为一生中第 6 个本命年，也是干支纪年的一个轮回，须好好庆祝，以此寄托人们企求长寿、健康、吉祥的愿望。

在本命年挂红避邪躲灾是北方汉族的传统。因此人们每逢本命年对红色就特别钟爱。红色是太阳的颜色，是血的颜色，是火的颜色。随着时代的变迁，这种尚红思想却没有变，新年贴红对联，汉族的旧式婚礼中新婚的红嫁衣、红盖头、红蜡烛、新科的红榜等，不论何时何地，人们都要用红色来增添喜庆。

由于母亲自幼家境贫寒，姥爷过世很早，姥娘带着她的 4 个孩子讨饭到青岛，我的小舅未成年就离去，我母亲他们都在城市的贫困线中打工生存，因此，他们那一代都没有机会享受幸福，也没有那些讲究。也怪那个时代没有计划生育，我的父母给我们留下了 5 个孩子，我们的工作经历就是去农村插队，祖国三线，企业就工，最后下岗待业，因此，我们兄弟姐妹也都没有享受的欲望。

我每年在年底 12 月过生日，由于儿子去北京工作了有 6 个年头了，我的生日竟然没有认真地去研究怎样过，年初曾经想：今年本人的出生年在六十甲子干支之年，叫本命、元辰，也叫本命年，为六十甲子神。一定要好好过一次生日，但是不知为什么，竟然在生日来到那天忘记了去安排宴席。不过，长寿面是吃了，因为每天早晨起床上班吃挂面最为方便。

既然儿子来电话说已经买了红腰带，那红腰带还是要扎的，只是红腰带到底是布的还是皮的我还在猜测，怎样扎也许要好好安排安排。玉坠可以挂上一个，图个吉利。

新的一年祈福我的家人，我的朋友都平平安安，吉祥如意。

一切随遇而安，随缘就好，祝福我们大家在 2009 年快乐，幸福！

小弟，你在天堂还好吗？

转眼间，我的小弟小平去天堂已经10年了，那年，他33岁。回想起来，在我兄弟姐妹中，他是父母的老生儿子，我们大家也时时处处照顾他，可是，在"文化革命"中掀起的知识青年上山下乡运动开始的时候，我们兄弟三人下乡，他又成了爸爸妈妈唯一的依靠。记得我1968年插队去农村的时候，他才4岁，看到我背起背包离开家，就抱着我的腿哭喊着不让我走，妈妈含泪拉开了他。是大弟弟、二弟弟帮我拿着脸盆等杂物，跟在我的后面送我到火车站。

记得有一年夏天，地里锄完豆子，正是挂锄歇伏的季节，我从自留地里掰了30个嫩玉米，背在书包回到青岛，他天真地啃着妈妈煮好的玉米说："妈妈，我长大也要下乡，给你带回好多好多的嫩玉米。"妈妈苦笑了，我们父母有我们姐妹兄弟5人，他是最小的儿子，在那个蹉跎的年代，我们三人下乡，他没有赶上下乡，后来，初中刚毕业就顶替了退休的老父亲，当了工人。由于他排行最小，父母自然地对他疼爱有加，但是他也充当了父母的老生儿子的角色，在父亲多次病重住院的时候，陪床伺候，家中的买煤、买粮等重体力活，他都承担了。后来，他结婚了，有了个女儿，但是就在女儿5岁的时候，他离开了人世，离开了我们。

那是1997年的腊月，北风呼呼地卷着雪花漫天飞舞。我正在单位办公室和我们的老书记计划着迎接春节的服务计划，电话响了。来电话的是小弟妹海云："大哥，小平住院了，您能来看看他吗？""好的。"我放下了电话。

赶到医院，小弟已经打上了吊瓶，他说：因为头疼厉害坚持不了，他跑来医院检查，现在确诊为脑微血管出血，医生说，必须住院治疗。那天，是腊月十八日。

在单位小弟的工作是保卫，每天上夜班，带班巡逻货场，由于妻子下岗，为了生计，白天他和妻子一起在四方小村庄汽车站旁边开了个油炸鸡腿的摊子，买卖还不错，由于白天晚上连续工作，又逢上过年，休息不好，就发生了这么档子事。

既然已经住院，那就得大家一起忙活，连他的朋友亮子都天天在医院给他陪床。由于这个医院是青岛有名的大医院，医生的话是很有权威的，医生说：先打吊瓶，然后考虑手术。

吊瓶一个接一个地打，转眼间春节过了，我们全家人每天都轮流去医院值班探望。正月十五那天，我妻子包的饺子，热腾腾地装进饭盒，我们全家去给他送饭，小弟弟高兴地说："饺子真好吃，医生说阴历正月十八日就要给做手术了！手术后，再也不能吸烟喝酒了！"听到这席话，我的心里一阵阵酸楚，可怜的小弟，开颅手术可是大手术啊，你能挺过去吗？哥哥盼望你快快好起来啊！

正月十八日那天一早，电话铃响了，"小弟出事了。"我急忙赶到医院，只见医生正在抢救，原来，他的疾病发生突然变化，在还没有进行手术之前他的颅脑第二次出血。他被送进了抢救中心！妈妈的心碎了，爸爸已经去世多年，只有妈妈一个人在家，孤独的没有人陪伴，只有孩子们随时来家看看，人老了，总是腰酸背痛的。再说，小弟弟是她的心头肉啊！她总是伤心地哭泣。我们大家都劝她，但是，谁又能让小弟清醒过来呢？

在抢救中心，小弟弟身上插满了管子，呼吸机在发出轻微的声音，墙上的显示屏显示着小弟的心脏还在跳动，可是他没有丝毫知觉，我流着眼泪，在他身边轻轻喊着他，可是他依然没有知觉！

小弟妹已经累坏了，她还要照顾孩子，还要跑医院，看到她显得有气无力的样子，真让人心酸。但是，在这时，她的作用是无人可以取代的。

我们动员了全部亲人开始集资交医药费，因为抢救费是非常高昂的，三弟是个动过大手术的病人，但为了救活小弟，也把家里所有的钱都带来了。并找医院的熟人托大夫，送红包，请客，恳求他们救活小弟。

老人们常说，人死了就变成了天上的星星，我就常常一个人默默地徘徊在家门口的草地上，仰望着天空，"小弟，你是哪颗星星？你眨眨眼，告诉哥哥，你见到爸爸妈妈了吗？那爸爸妈妈又是哪颗星星呢？"

15 年过去了，小弟的女儿也长成一个亭亭玉立的大姑娘了，出国留学，和她妈妈一起定居在国外过着开心的日子，小弟在天堂也可以放心了。

有人说，人死了后会住在天堂，我的小弟弟，你在天堂可衣食无忧？你要照顾好已经去了天堂的爸爸妈妈，爸爸妈妈都喜欢唱歌，你要给他们弹奏吉他伴奏！

　　有人对我说，人是有轮回的。我的小弟弟，你现在又花落何方？过得好吗？你托个梦给我，让哥哥在梦中看到你的现在也高兴！

　　我们在吉林路的家从 20 世纪 80 年代就喊着拆迁，爸爸、妈妈相继离去都没有等到那一天。最近，报纸上报道市北区政府要投资拆迁改造了，请你告诉爸爸、妈妈这个好消息，也许，两年后，我们曾经居住的大院就要变成高楼大厦，我们在高楼大厦里将有一个新的家！

如霜的蓝月亮

我家老屋的拆迁梦

又逢周日，邀朋友一起游走在山路，行走于风中，才蓦然感觉路边的枫叶已经早早地红了，有些叶片已经开始脱落了。秋天已经到了，天气转凉。记得每年到这个时节，我总是利用周日去我从小长大的老屋，看看父母，给他们劈柴，买煤，安装冬天烤火的炉子。记得爸爸总是说："咱们的房子快拆迁了，以后住新房子咱们就不生炉子，用空调。"那时候安装暖气的很少，空调就是普通家庭最大的奢望，那是1985年。转眼间，25年过去了，爸爸在1993年故去，妈妈在2003年故去，我们的老屋还在那里存在，一个大杂院有42户，人们居住在破旧的小屋还在那里静静地期待着拆迁改造。那里的许多老人走了，新人来了，院子里的老住户基本都换成了新住户，但是，还有许多老人们的户口还在那里，虽然他们的孩子都买上了住房，把老屋租给外地来的打工者，老人和他的孩子们的拆迁梦依然在做着！

秋风吹起我的白发，让我思绪万千。我们家的老屋在贮水山下的吉林路，房间建筑面积只有16平方米，两张大床占据了房间的一半，吊铺是我们孩子的唯一乐园和书房。饭桌、板凳、马扎、折叠椅、几个木箱构成了我父母的全部财产。他们一生做工，养育孩子，没有奢望，只有盼望拆迁能住套大房子，但是，他们二位老人都没有等到那一天！每当想到这些，我就感到有些伤心了，有些害怕秋天的脚步了，这些在秋天传来的信息，往往是新的房地产开发商摸底操作的开始，冬天的炒作能落实投资开发的东家吗？没有高额的利润房地产开发商是不会做的，哪怕是区政府决心再大也无用。哎，这是怎么了？面对如期而来的秋天，我却有些手脚无措了，原因是我也在盼望老屋快快拆迁啊！

那一天什么时候到来呢？昨天，又接到三弟的电话，街道办居委会又开始秋季摸底了，说区政府今年又下了很大的决心，今年年底必须动工，如果房地产商不动工，将收回房地产商已经规划好的土地，重新招商。三年后，我们的吉林路、泰山路、辽宁路周围将全部是现代化居住小区，我不由得想：区政府这样的决心怎么才下啊！如果早下 10 年，起码，我的妈妈还可以住几年楼房啊！但是，这一次，是真的吗？如果再等，还得等几年呢？

记得我是 1977 年结婚离开家，借住了一个 10 平方米的小屋。后来，机缘巧合，竟然在 1987 年靠拆迁分得一小套二居室。我让爸爸、妈妈来住些日子，妈妈说："金窝银窝不如自己的狗窝，我和你爸爸谁家也不去。"后来，我们弟兄三个都结婚成家了，爸爸妈妈还住在那间小屋。1993 年，爸爸因为心肌梗塞发作离开了我们，他一生劳碌，盼望拆迁住个好房子，但是，他住楼房的时间是只有在我家里住过 10 天。那还是我们单位组织旅游，我和妻子一起去北京 10 天，爸爸来陪伴孙子睡觉、上学才住在我家10 天。我们从北京出差回来，他怎么也要回家，因为他离不开老屋，离不开贮水山。回想起来，我的爸爸总是愿意帮助孩子，却不愿意沾任何一个儿女的便宜，此情此景至今难忘！

1993 年父亲去世，我想让母亲到我家住，母亲还是那个观点："金窝银窝不如自己的狗窝，我要在这里等着拆迁，给孙子留套房子！"

2001 年秋天，妈妈病了，住进医院。兄弟姐妹轮流去医院值班，那时候，我们兄弟姐妹都上班，每天下班往医院跑，都感到很累。妈妈的病稍微轻一点，她老人家就吵着坚决要求出院，我只得租了个车把她拉到我家住下，我好抽空照顾她老人家。从 2001 年秋天度过冬天住到 2002 年春天，当她听说要我们的老屋吉林路街道要拆迁摸底，2002 年秋天就要拆迁的消息，又坚决要回老屋，对我说："我要给孙子要套房子。"2003 年春天，她竟然没有等到那一天，在她即将离开我们的时候，还挂念着老屋拆迁，挂念着给孙子留套房子！

记得那天是周六，我去辽宁路电子信息城办事，在泰山路饺子铺，我给妈妈买了半斤水饺，捎到家中，妈妈非让我和她一起吃饭，那天，她和我讲了许多许多，谈到了孙子，谈到了拆迁，还谈到了生病的三弟，让我照顾他们每一个人，还有，把我们兄弟姐妹每一个人的好处和困难都讲到了，当我离开时，妈妈紧握我的手不愿意我走，让我再待一会儿，谁知，这是妈妈对我的最后嘱咐！

秋天的夜晚，月色如水，在少年时代的秋天，我经常漫步门前的小路，爬上贮水山看月亮，现在，头发斑白，我又经常到门前的小山看月亮，秋风中，我深深地感受到，我们家的老屋从我懂事到我的青春时代一直是我人生伤感的忠实见证。

我的兄弟姐妹也对老屋有深厚的感情，虽然爸爸妈妈都不在了，但是还都常回去看看。我的三弟在1997年突然生了一场大病，为了治病，卖掉了自己的住房，母亲故去后，就住在妈妈的老屋。我们兄弟姐妹就像妈妈在世一样，经常回家看看，只是不需要再帮弟弟劈柴火，生炉子了。

秋天是令人伤感的季节，也是盼望团圆思念亲人的季节，记得我们童年的中秋节，妈妈没有钱去买月饼，把玉米面放上糖精，外面包上麦子面粉，用木制模子制作的面粉饼蒸熟当月饼，我们兄弟也是用盘子盛好，端到老屋的院子里，两手呈上，毕恭毕敬地对月亮作揖，口中喊道："圆月来，圆月来，八月十五圆月来！"我们兄弟姐妹几个和邻居的孩子们在屋前院子祭神赏月。大人一面喝着酒，一边聊着关于中秋的神奇鬼怪故事什么的，记得老屋院子里有个姓侯的大爷最会讲故事：嫦娥奔月、聊斋是他的强项，我们总是在他讲故事的时候，眨巴着眼睛，张大嘴巴，细心地听，唯恐落下一句没有听到。可惜，他老人家也没有等到拆迁，早早地离开了人世！

说到拆迁，就想起去了天堂的爸爸妈妈，想起许多好邻居，许多童年的伙伴，还有兄弟姐妹，大家都在做着一个美好的拆迁梦，一个几代人期盼的拆迁梦！

秋风吹干了我思念的泪水，我站在贮水山顶，辨认秋的方向，品着秋天的滋味。天气转凉，拆迁摸底的消息在秋风中回荡点燃，这次是真是假？

老屋，老屋，拆迁，拆迁，逝者如斯。我们的期望，我们的激情在盼望拆迁中燃烧，燃烧一个又一个的秋天。冬天就要到了，月亮圆圆缺缺，缺缺圆圆。老人们走了，新人们来了，门前的梧桐树叶子已坠了，只有风儿轻吟，只有院子里的老槐树还在遥望，和我们一起，盼望着房屋的拆迁改造，盼望着小院焕发青春！

如霜的蓝月亮

城阳采风——桃花盛开的红色之旅

　　蓝色的天空春光明媚，岛城街道两边的梧桐树已经冒出绿叶。在青岛新闻网"蹉跎岁月"和传媒网"似水年华"论坛的组织下，我们山东散文学会，青岛市作家协会代表一行20余人在2009年4月12日来到青岛城阳这块神奇的热土参加"城阳采风——桃花盛开的红色之旅"文学笔会，在这里体验城阳，感受春天重温青春时代的红色激情，在上百亩盛开鲜花的桃花园尽情欢乐后，再去攀登崂山青峰，瞻仰矗立在青峰山顶的伟大领袖毛泽东主席天然石像。在我们论坛的著名导游"村党委书记"的带领下，四辆汽车载着我们论坛的20多位朋友在崂山的滨海大道穿行，直奔城阳惜富镇，和煦的清风从车窗外扑面而来，夹杂着野花和泥土的清香，沁人心脾。透过车窗，放眼望去，群山逶迤，连绵起伏，构成崂山的骨架。穿过李村，走过308国道，这里又是一片野外风光，离惜富镇近了，近了，我们也感受到春意在这里更浓了！

　　城阳区现在是属于青岛市的一个区，这里面临大海，土地肥沃，水量充沛，交通便捷，是以物产丰富，经济繁荣，人户众多。它的历史上原属于即墨市，后来又属于崂山区。现在它从崂山区划出来单独成为青岛市的一个区。是青岛联系全国各地的交通枢纽，是青岛的最重要的门户，几百年的繁华和富庶不可一语道尽。在宽阔平坦的快速路上，我们尽情地想象城阳的地大物博和人杰地灵。她和我是有难以忘怀的情感的，因为在50年前的1958年，我的父亲曾经在城阳的青岛一家企业工作，他老人家每天天不亮就乘坐着马笼子火车赶到城阳上班，一直跑了几十年。那时的城阳，小路崎岖，汽车颠簸走过，沙土遮天蔽日，现在，城阳变了，先进的社区，美丽的农庄，绿色的山林，一片片花园。今天，我们要一步一步地走进这块热土的腹地，探究她，触摸她，参观花展，品尝原始生态最洁净的草莓。

　　城阳惜富镇发展得很快，过去这里是一个小村，几排平房，几条街道，然后就是片片农田。现在这里是一排排高楼大厦，一个个先进文明的住户小区，到处是繁花似锦，绿茵匝地，我们徜徉其中，爽心悦目，不是仙境，疑似仙境。

在这新鲜的空气和绿色的花园里，什么都可以想，也可以什么都不想，工作、生活中所有的烦恼、不快、郁闷在这一瞬间得到了完完全全的消融。

我们在桃花花丛中跳呀，笑呀，唱啊，把自己的心腔与这青山绿水溶化在一起，感受崂山的脉搏，感受山水的呼吸。桃花、迎春花、梨花、杏花在这里全部开放，在我们歌唱的旋律中翩然起舞。于娟老师、紫衿、水老师、霞光玫子在鲜花中拍照，和鲜花争艳。王宗云老师虽然已经是80岁的高龄，却不停地拍照、录像，拍下一组组绝妙的镜头。

荡漾着绿水的水库，满山开遍黄星星的苦菜花，啃吃枯草的山羊，水塘中呱呱叫的野鸭，构成一路上的美景，让人目不暇接。

这里是石沟的桃花园，我盘桓良久。这里过去曾经是一片种地瓜的田地，在"三年自然灾害"的时候，我经常跟着老父亲来这里挖野菜，记得我在这块地瓜地里把地瓜蔓下落下的枯黄的地瓜叶一片片捡拾到一个布袋子里，准备回家让妈妈给我们做菜团子吃。整整忙了一下午，就在布袋子要装满的时候，来了一个粗壮的大汉，把我一天捡拾的枯黄霉烂的地瓜叶和袋子都夺走了，说那是人民公社的集体财产。后来我就去海西挖海蓬菜，再也不敢捡拾人民公社的那些落在地下的地瓜叶了。回顾那个年代，思绪翻滚，感慨万千。现在，馒头、米饭是我们的主要食粮，副食品还要讲究高蛋白，吃饭要营养搭配，谁还去吃那霉烂的干地瓜叶呢！看这百亩桃花，到七月得结多少崂山水蜜桃啊，我为这里的农民感到高兴，在花丛中游走，我好像感受到水蜜桃的甜蜜！

城阳的历史是深厚的，是沉重的，是一部浩繁跌宕的长卷，是一首篇章复杂的长篇叙事诗，让我们深深地沉迷。

乘采风之余，热情的"党委书记"安排了2名亲戚带我们去瞻仰崂山的支脉——青峰山，那里有我们共和国的缔造者毛泽东的天然石像，我们4辆汽车前后迅驰在崂山的大道上。

青峰山位于崂山付家埠，还是属于城阳惜富镇管辖。现在这里已经成为旅游区，它的未来将是崂山的又一个旅游景观、胜地。

绿色的山，绿色的水，红色的音乐，熟悉的歌曲又唤起了我们的青春时代，青峰山的村委为了开发本村的山，把山体前面到山顶都修上了石头台阶，山坡上每间隔一段距离就有造型各异的石头——里面藏有扩音器。扩音器不停地播放 20 世纪 60～70 年代的红色歌曲。据说，山顶峰的毛主席像是天工造就。村民发现后立即汇报给村委，村委决定开发这个旅游项目为红色旅游项目。

我们在向导的带领下向崂山的青峰山开始了攀登，山麓陡峭，虽然小路上都修了台阶，但是，台阶太长，没有缓冲区，因此，对于我们这些平日里不锻炼的人来说感到很累。但是，我们论坛的王宗云老先生已经 79 周岁了，还在不停地攀登，"村党委书记"已经 63 岁了，还精神饱满地走在最前面，广播电视台的著名节目主持人于娟老师是我们的大姐，今年也 63 岁了，她在行进中不断地鼓励我们坚持，坚持。我们这些还年轻点的朋友只有跟着他们的步伐前进。大约一个多小时的攀登，在红色音乐的伴随下，我们到达了顶峰。

看到了，我们看到了，在山顶迎着朝阳矗立的石像不正是毛泽东他老人家那雄伟的身影吗？我们拍照，我们合影，我们在欢乐雀跃。我想起了那"文革"期间的 1966 年 10 月 18 日，我来到了北京，在天安门广场和成千上万的红卫兵一起见到毛主席的情景，那天，"毛主席万岁"的呼喊让我们喊哑了嗓子，回到宿地，又是一个兴奋的难以入睡的夜晚。

转眼间，40 多年过去了，我们由青年时代进入了老年时代，今天，在这里见到他老人家的光辉形象，激动得泪水奔流，心里在喊："毛主席，我们又见到您啦！"

下山后，我们去了莲花庄园——一个中华睡莲的世界。我们进行了形式独特的座谈和会餐。在会上布置了本次采风的任务和题目，详细地阐述了本次新闻创作"城阳采风——桃花盛开的红色之旅"征文活动等座谈话题，引来掌声不断。与会的作家老师们也就论坛的发展和文学创作等问题进行了交流和沟通，现场氛围热烈而融洽。

演出开始了，"村党委书记"的"乌苏里船歌"拉开了演出的序幕。"泉水淙淙"老师的"青藏高原"，"玲雨"老师的"好日子"，格里版主的"北国之春"，都给大家带来了欢乐。欢乐的城阳采风活动就要结束了，虽然我们没有相处够，但是不得不分别。大家纷纷表示：青岛新闻网的

"蹉跎岁月"论坛和传媒网的"似水年华"论坛是我们的家，是我们心灵的港湾，是我们灵魂的栖息地，是我们大家交流的一个平台，我们聚集在一起，发展我们的文学爱好，提高写作水平，陶冶情操。今后我们还要经常地组织这样的活动，让大家在健康、快乐的氛围中发展。让大家的思想再次得到升华，像桃花开放、繁华似锦！

如霜的蓝月亮

崂山仰口茶山行

五月，我们采风活动安排在月末。这是一个晴空万里的日子，我们"蹉跎岁月"论坛、茶文化、市北、散文诗词、崂山5个论坛的20多位朋友分乘5辆汽车，在"村党委书记"（江姐剧组）面包车的带领下，向美丽的崂山仰口进发。在这春暖花开时节，披上新绿的的风景不断在眼前闪过，我们的心情与大自然接轨，豁然开朗，惬意的心情袭上心头，一路说笑一路欢歌，穿过长长的隧道，很快就到达崂山仰口。

我们的汽车在崂山盘山道行进，一片片茶园、杏树林在身边掠过，崂山姜庄水库、石桥、杏树林伸开双手在欢迎我们，我们的5辆汽车爬上山一字排开停在山坡上的水库旁边，我们就开始向山上攀登。王宗云老师已经年逾80岁了，却精神饱满地走在最前面。朋友们一路上拍照，采茶，唱歌，欢笑，开心。平日里在论坛见面的朋友，今天攀登在美丽的崂山，心情是多么地快乐，人常说："要长寿，就要放飞心情，多进行有氧运动！"看到论坛上的许多朋友每天工作，忙碌在荧屏前，多么需要这样的运动啊！"党委书记"高兴地说：他亲戚家种了许多杏树，杏特别甜，估计在六月下旬就可以成熟，那时，我们再进行一次采风，让大家去见识见识崂山最甜的杏子。谈到这里，大家的口水已经满了，盼望着6月杏熟的季节快快到来！

我们的第二个活动就是参观崂山茶厂，在姜厂长的介绍下，茶厂的师傅笑吟吟地前来迎接。刚踏进车间，空气中弥漫着浓郁的茶香，沁人心脾，我看到，这里是机械在炒茶叶，茶叶均匀摊放在不锈钢制作的圆桶里，旋转的铁臂将茶叶轻轻翻动，旋转轻揉，随后又进入烘箱，就这样反复进行，直到茶叶成丝干脆之后，再倒入竹子做的圆盘中进行筛选，茶叶冷却后就进行机械包装。

我们20多人围坐在姜厂长家的堂屋里，品着刚刚炒制的崂山绿茶，绿茶色泽非常清澈，浅绿的汤色味道却非常香浓。崂山水泡茶格外甜美，姜厂长介绍，他家的茶叶生长在高山中，吸天地与自然的精华，没有丝毫的污染，在城市很难买到这样纯正的崂山茶叶。我轻轻地喝了一口，果然像甘露一样美，仿佛吸进了自然的灵气，正是：此茶只有深山采，玉液仙水天上来。

姜厂长安排的农家宴让我们这些城里人大饱口福，槐花烧黄鱼、红烧巴鱼、原汁蛤蜊、海螺、虾虎、清煮大虾、拌海蓬莱、拌海蛰头等十几道菜，每样三大盆，还有崂山啤酒、白酒、青岛啤酒，我们20多个人放开肚子，猛吃豪饮，都喊过瘾！姜厂长一家人可成了我们的服务员，忙里忙外，真使我们感动！

这时，我代表大家向姜厂长提出了每人购买一斤崂山绿茶的要求，姜厂长答应了，并以最低的成本价照顾了大家，有许多朋友竟然购买了2斤到5斤，准备送给老人和朋友。

我们的这次崂山仰口采风收获真大，亲眼看到了绿茶的炒制，还欣赏到崂山的美丽景色，看到结满果实的杏树，山花烂漫的崂山。捧着这名贵的崂山绿茶，好像捧着天地的灵气，自然的精华。感谢崂山，感谢姜厂长，让我们把山里凝集自然精华的崂山茶带回家。感谢"村党委书记"，"空中杀手"，"剑指南天"，"紫妗"，"缘来"是这5位朋友提供了5辆汽车配合了我们的采风行动，感谢老马聊斋又一次慷慨地为大家做出了付出！我深深地感到：友谊在我们这些经历过蹉跎岁月的人身上是那样的可贵，我只有代表大家向朋友们道一声谢谢，珍重！

飘在北京的日子

转眼间，儿子去北京 6 年了，在 2002 年 9 月他从青岛大学毕业后去北京，在首都师范学院学习三维动画，在那里毕业后好像是 2004 年就开始在一家企业打工，直到现在。年轻人靠自己的力量闯荡世界，这是一件好事，他在北京每月的工资除去房租、吃饭还有剩余，然后自己安排业余生活，交往朋友，读书看报，进修学习，安排的也是头头是道。因此，我也乐得清闲了好多年。

2006 年，儿子曾经交往了一个北京的女朋友，在谈婚论嫁的关键时刻，那女孩问儿子能否婚前在北京的二环内买一套大房子，儿子在北京才工作 2 年，根本没有钱去购置房屋，北京的房价每平方米已经将近到达 2 万了，只有问我。我和妻子都是工薪阶层，我们一生的积蓄加上把我们原来在市南区海边的那套二居室卖掉也就是顶多能帮儿子买个小套房。为了儿子的婚事，我们老两口揣着卖房款和全部存款计三十多万在北京整整跑了十天。由于达不到那女孩购买一个大房子的需求，那女孩没有丝毫留恋，拂袖离儿子而去，最近听说她已经出国嫁给了一个有钱的老外。为此，我经常不断地自责，自责自己一个曾经的老知青不能让儿子获得起码的幸福，不能帮儿子在北京扎根。我多次想劝说儿子回青岛，但是想到如果儿子舍弃那北京的工作和他自己开创的工作环境，回青岛去陌生的环境赚取那全国最低的薪水（青岛的工资在全国属于低的）总感到有些残忍，虽然那样儿子可以留在身边，但自己也有点自私。还是让儿子自己决定吧！在 2009 年春天，儿子来电话说他突然病了，生的是水痘，让医生把他隔离在家里，20 多天没有出门，也没有办法上班。由于寂寞，他每天晚上来电话总是不想放下话筒，我考虑应该去北京看儿子了，看看他的居住环境和工作环境，和他讨论一下北京目前的工作，这次看儿子也许将决定他是否继续留在北京工作。

儿子在北京租住的房子是在西城区的白云路，是南汽社区的一个大杂院，里面有十几个楼座，住着几百户人家。起初，我认为这里住着的都是北京公交公司的职工，后来才知道，这里不光是北京公交公司的职工和普通市民，也有很多名人、歌星和中央电视台的一些著名主持人，院里还有一个养老院，这里可谓藏龙卧虎鱼龙混杂的地方。这里离儿子工作的地方比较近，骑自行车大约需要半个小时。

儿子租住的大约是20世纪80年代建造的5层楼的一小套房子，没有厅，只有一个过道，一个凉台。房间里一张床，一个电脑桌，一个大衣柜。厨房是暗的，有个窗户没有玻璃，钉着白色的塑料薄膜开在凉台的走廊里。一个1平方米左右的卫生间没有装修，墙上挂着淡绿色的塑料布，据说是由于墙皮脱落，不好看，自己去买的挂着。儿子买的一个洗衣机就放在厕所门口。许多待洗的衣服和床单被套都堆放在墙角，他每天上班，晚上很晚才回家。当我下火车赶到儿子的宿舍看到这情景就感到一阵阵寒意，就这样一个简陋的小屋，租赁价格竟然要2000元/月。

几年来，我在网络上每天都不断搜索，搜索到许多比较便宜的房子，不断地打电话落实，也交往了一大批中介朋友，QQ上加了许多好友，他们都说给我准备了许多便宜房子，等待我来北京选择，当然，我知道：天上不会掉馅饼的，但作为远隔千里的一个工薪族，能有更好的办法吗？

北京的雨水是罕见的，但是就在我们到北京的日子，天上却下起了小雨，恰逢周六，我与儿子在火车站见面，来到他临时的家，他给我做了早饭，味道还不错，我们九点半准时出门，到在网上就预约好的北京中介处去看房子。

北京很大，按照我记录的地点和电话每一个地方都要倒车，下车还要走很远很远的路。我联想到在2007年妻子和我一起来北京看房子的情景，跑了几天，妻子脚上就起泡了，晚上在旅店里流眼泪，当时12000多元1平方米的房子怎么能买的起，但是，儿子女朋友提出的问题怎么办，没有办法，只有让他女朋友离去，以后很长一个时期，头老是昏昏沉沉的，感觉好像被一块布蒙着头，迷迷糊糊的，直到过了好长时间，才平静下来。这次儿子生病，自己来北京看到儿子居住的尴尬处境，又看到儿子恢复健康后朝气蓬勃的劲头和面貌，我认真地和他交谈了一下，他表示仍然愿意

如霜的蓝月亮

在北京继续拼搏，我也决心在北京的房地产市场寻找一下，寻找新的机遇。

在金隅万象，碰上了早在1997年就结识的吕总，吕总很客气地给我们冲上了好茶，他给我们留出的房屋是在右安门附近，面积62平方米，约78万元可以买到。如果加上税金，80多万就可以成交。我没有答应去看房子，因为那80万对于我们来说是个天文数字。我考虑，首付30～40万，贷款20～30万是我们家庭的最好选择！

在中大恒基的朋友处我们看到有一处二居室42平方米的房子，我们急忙赶去，那个房子位于天宁寺东里，价格56万，中介经理姓郑，他很客气地和我们说："如果看好，价格可以再商量！"

我们来到位于天宁寺东里的房子，房间的布局和装修都很好，还有家具、空调。就是窗外的高速路的噪音太大，估计睡觉和学习将受到影响，由于汽车太多，空气的污染也是很严重的。但是在北京，如果要寻找一间安静与环保的好房子，那也是很难的。考虑到其他约定的中介关系，只有第二天再寻找新的房源。

晚上回到家，躺在床上很难入睡，半夜醒来又闻到房间有一股霉味，我想：等天气好起来的时候，我一定帮儿子彻底搞卫生，现在需要的是养好精神，明天再跑。我进入了梦乡。

北京的二手房价格是南低北高，西边更高，所以我今天考虑越过南二环向南三环挺进。先去菜户营周围探路，看那里的交通状况，房源如何。再去白纸坊附近寻找机遇。

连日的奔跑，终于让"我爱我家"的朋友们在北京的老城区二环广安门附近帮助儿子选择了20世纪80年代的一套50多平方米的二居室，虽然房子年代有些老，但是装修得还不错，让儿子在北京有了真正属于自己的家，当然我也倾尽囊中所有并增加了与北京亲戚的债务，看到儿子满意的笑容，我从心底感到释然！当我从报纸上看到北京的地价现在又高升到16000元/平方米，又感到庆幸，现在，北京的房子价格又涨了，我暂时不用再为儿子的租房问题发愁了，他有家了！

购买的房子落实后，只剩下领取房产证了。选择一个晴天，我把儿子堆积在洗衣机旁边的床单、衣服全部洗净消毒曝晒后，感到浑身上下轻松、释然。我考虑应该处理我来北京的第二任务，和网络上北京的朋友见面了。最先考虑见面的是我们结识将近10年并多次通话的老知青胡杨。胡杨先生是北京在20世纪70年代插队到内蒙古兵团的老知青，回城就业分配在北京的朝阳区税务局，几十年来，由于他工作出色，多次被评为劳动模范，国家曾经为他发行了一套邮票，从2002年以来，他和我都在老知青之家的网站担任版主。由于我们一直未曾谋面，这次来北京以前就在QQ上留下了电话，约定见面的。

在北京的广安门乘上汽车到东直门，再换地铁5号线，再换10号线，将近两个小时，终于赶到胡杨的办公室。我们终于见面了，望着多年来一直通话但是没有见过面的网友，很高兴，一起就餐、送书、互赠礼品。我考虑到朋友正在上班，业务繁忙，仅仅相处了两个小时就匆匆分开，临别时，胡杨紧紧握住我的手："安排一下，下周我带您去北京各地看看！""谢谢，以后再说吧！"我最不愿意给朋友添麻烦，就谢绝了朋友的热情邀请。后来，回到青岛，我又给胡杨先生邮寄了部分我们论坛出版的书。

我和格里都是北京"最最网"的版主管理员，一直想去北京与这里的朋友和领导见面，这次到北京也想送他们几本我们出版的书，以加强友谊和联系。北京"最最网"的版主管理员大部分都是漂泊在北京的来自全国各地的年轻人，他们不光有网站的建设任务，还有企业的各种业务，工作比较繁忙。我知道这种情况后，就不想给他们增加麻烦，也不敢有什么奢望，只是在把书交到他们手中就感到很满足。在此，对胡杨、胡群、水彩等各位朋友表示谢谢！

我们在青岛接待过许多次北京的朋友，如：北京蜡烛和夫人，黄军装，等等，但是我和格里考虑到北京市太大，交通来往很费时间，就没有去打扰他们。

妞妞是我在博客上认识的一位老知青朋友，她的博文很精彩，文章通俗，文字流畅。我们经常在博客上互相串门，交流。当她听说我即将在6月去北京的消息时，给我在博客多次留言让我在北京有困难的时候找她。我给她留言将赠送她我们出版的书《真情像梅花开放》，她很高兴地等待着我的造访。

没有想到的是，妞妞竟然家住大兴，离北京城内将近40多公里，来北京后，我感到不安起来，怎么能让妞妞跑那么远来取书呢！

电话约定的时间很快就到了，早上，儿子吃过早饭上班了，我开始收拾碗筷，就在这时候，我感到头又开始发闷，好像鼻涕流下来了，我用卫生纸揩了一下，竟然是红色的血。我用卫生纸塞，塞不住，只有把手巾用凉水沾过，敷在前额，用另一条毛巾接着血，我想：身体健康要出现问题了，马上去医院。

既然去医院，就应该别让妞妞来了，我给妞妞去了个电话："妞妞，我的健康出现问题，我马上要去广安门医院，书的事情改日进行吧！"

妞妞听到我的电话，立即回答："我现在出发，很快就到，您在急诊室等我吧。"

我没有再阻拦，这时，我想到了很多很多，想到了许多最近几年离我而去的朋友。我担心病魔已经逼近，必须马上去医院。

北京街头的出租车是很繁忙的，虽然它的价格是起步 10 元，每公里 2 元，但是由于外地人太多，所以需要在马路上寻找、等待。虽然我的住处离广安门医院大约 1000 米，等候、打车仍然占用了将近半个小时的时间。

医院是繁忙的，无论在哪个城市都是同样，挂号排队十几个人，看到我鼻孔里塞着卫生纸，挂号小姐很温柔地说："去急诊室吧，你不用挂号。"

我赶到急诊室，医生说："我们处理不了鼻子出血，你赶快去耳鼻喉科。"

耳鼻喉科在 6 楼，那里排队的人很多，一个女医生在管理着病历，维持着排队的次序。她对我说："在我们医院看病，你要去一楼六号窗口先办理就诊卡，再去 1、2、3 号窗口挂号。然后上来排队就诊。我的大脑彻底晕了，在晕晕乎乎的一个多小时里，终于办理好就诊手续，当我回到 6 楼，在那里排队的几个好心的老乡大姐说："您不要排队了，先看病吧！"大家帮我找到了值班主任——一个大约 40 岁的女医生。

女医生挂着牌子显示她是个主任，她很熟练地给我清除了鼻子内的淤血，并成功地塞住了鼻腔。她说："很严重啊，好几个出血点！"必须先化验，她给我开了三个化验项目。我的心里在想：我因为破鼻子曾经在青岛401 医院治疗，没有化验啊！只花了 10 元的挂号费和 10 元的电处理费就解决了。这需要花多少银子啊！

排队，化价，交款——410 元，验血就花了 410 元，我惊呆了，看来，北京的看病费用也是惊人的，怪不得人们都说："有什么别有病，没什么别没钱。"这几天我给儿子办好房子手续，囊中空空如也，买车票的钱都紧张了，还得回青岛凑钱还债。心中默念："主啊！可别让我的身体在此时出现问题！"

化验三个项目，必须在二楼和一楼两个化验室进行，等候的时间很长，还要楼上楼下跑看结果，就在这时，妞妞赶到了医院。她的到来，从心理上来说无疑给我吃了个定心丸，楼上楼下，取药、交费。她像亲人一样地奔忙，丝毫没有看出我们只是第一次见面。

妞妞提出：今天只是见面，如果我要回青岛，她要给我送行。从医院到地铁口，我感受到妞妞身上好像燃烧着当年我们老知青那热情的火焰。我不能拒绝她，在几天后我即将离开北京的时候我和她一起拜访了我国的文坛前辈、中国乡土文学学会的会长董梦知先生。这次宴会，妞妞又一次热情地慷慨解囊，我感谢妞妞和董梦知先生给我的送行，在此，我遥望北京，默默地对远方的妞妞和董梦知先生再次说一声：谢谢！

北京的网友非常麒麟和高志坚都是北京的著名诗人，在 2000 年就是网易文化的著名写手，曾经跟我和小水滴、酒瓶子、冰儿等朋友在网易古风、网易现代诗歌、湖南红网、青岛新闻网一起办过论坛。他们听到我来北京的消息，也不断地打电话约我聚会，就餐。终于我们在 6 月 15 日在我的新家见面了。老百姓都称这样的聚会为"烧炕"，我做了十几道菜招待他们。当我把我们论坛出版的作品赠送给他们，他们是那样地高兴。非常麒麟家住在北京的通州，而高志坚住在北京的石景山。在北京这样的高温天气里，竟然跋涉几十公里带着媳妇孩子赶到我的住地探望我，其情、其境，真使人难以忘怀！

20 多天的北京漂泊结束了，我搭上了回青岛的火车，已经 20 多天没有网络，没有听到朋友们的声音并看到朋友们的文字了，很是惦念。从 1998 年开始上网，网络就成了我生活的一部分，这么长时间没有上网，我怎么能忍住呢？我自己在不断地问着自己，曾经亲密的网友现在许多都已经不再上网了，我是否也应该告别网络，开始休息了呢？

上网是很浪费时间、耗费精力的，但是我怎能忘却和舍弃新老朋友呢？一次次精彩回顾，一次次聚会见面，一些人走了，一些人又来了，旧的论坛关闭，新的论坛又开始了，老知青、新知青、专业军人、教师、学者、国家干部、工人，大家快乐地聚会在一起，回顾童年，回顾过去，讲述身边发生的事情，走胶南，去青州，游黄岛，爬崂山，济南访许评。我们在一起的每一刻都是快乐的。但是，20多天的北京漂泊，我感受到人生的另一种美丽，一种责任，也许这将成为我今后生活的另一个起点吧！

第四辑　瀚海、浅滩、随想、拾贝

走进"盼风"的世界

一、盼风的知青时代

文学沙龙第二期研讨"盼风"的作品，我仔细地连续读了好几遍，感到分外亲切。先从盼风插队的大槐树谈起吧！

自从元末明初朱元璋统一天下，因为山东连年战争，人烟稀少，就从云南和山西榆次县向山东迁移人口，因此，大槐树是许多山东人值得追忆祖先的象征。我 1968 年插队，我去的小村村头也种了好多大槐树。

在我脑海里便时常浮现出这样的画面——一棵大槐树立在村头，上面挂着一口钟。老队长在敲打上工的钟的时候，知青盼风穿着灰黑的棉袄，脚上穿着解放鞋，扛着铁锹，"在插队的第二天我们就开始分组参加劳动。"贫农大伯领着他和几个女知青到村头的茅房挖、挑大粪。当时的他很想"表现"一下自己，便一马当先，冲到了前面。可当一锹下去，将黏黏糊糊的大便铲进粪筐时，马上有一种窒息的感觉，他一下子对"恶臭"这两个字有了最确切的理解和体味。插队和社员一起劳动。这是盼风的第一次，也是我们千千万万知青的第一次。我们的感觉都是一样的。正因为有了第一次，在农村的日日夜夜"恶臭"成了自然，成了当时"贫下中农"的本色。也就是知青能与"贫下中农"打成一片的闪光点。

盼风回忆插队的文章采用的是平叙，但在这娓娓道来的平叙中却在闪着金色的光泽。看他对知青的感悟中谈道："上山下乡运动是荒唐年代的特殊产物，是悲剧。然而这悲剧的主角——知青，在'战天斗地'的过程中，经受了锻炼与考验，感悟到了生命的真谛……从这个意义上讲，它又应该是喜剧。这就如同从枪林弹雨中冲杀出来的战士，战争让他们失去很多，但战争的经历让他们懂得如何面对坎坷的人生，如何享受生活的宁静……"

不论历史对"错版的邮票"进行怎样的"评估"，我今生注定要珍惜并感激这枚"邮票"。这是盼风在插队劳动中的感言，这也是全国千万知青在今天的感言，这感言有广泛的代表性！

很多人看电影和电视剧，受到了其内容的片面影响，对知青产生了一些错误看法，但是你看到盼风的描写，就会感到知青在祖国的农村确实贡献了青春和力量，当盼风被选拔当了民办教师后怎样呢？请看他的这一段描写："我逐渐进入了角色，全身心投入到了教育教学当中。

"在农村，老师一向受人尊敬。我眼前的这些小学生对我这个待他们如亲弟妹一样的'知青老师'更是恩爱有加。

"放学后，学生们总爱缠着我，听我吹口琴，拉二胡，看我变魔术。他们常常到了晚饭时间还不回家，让我讲浩瀚的大海，巍峨的崂山。他们还不解地问我：为什么城里有的孩子连馒头都不爱吃……

"很快地我就跟学生无话不谈、亲密无间了。校长几次提醒我在学生面前要端起架子，少讲跟学习无关的事情。私下他却不解地跟别的老师说：那些调皮的学生到了那个知青老师手里，怎么一下子变得那么听话，成绩提高得那么快呢？

"和谐的师生关系是提高教学质量的基础，没有学习的动力和兴趣，学生就不会学习，更谈不上提高学习成绩。虽然我不懂教育学、心理学，可这些基本的道理我还是清楚并努力付诸实践。

"学生愿意学，我更愿意教。每到夜晚，当知青战友打扑克、下象棋、讲故事时，我都会在煤油灯下钻研教材或给学生辅导功课……

"有付出就有回报。一个学期下来，我所教班级的语文成绩在公社组织的联考中遥遥领先。"

再看盼风笔下的知青与老乡的关系如何呢？当盼风生病的时候，老乡和学生家长把攒下的鸡蛋送到盼风老师的面前，当时的鸡蛋对于中国农民来说是最珍贵的营养品了。正如他说的那样：32 个鸡蛋，代表全班同学 32 颗心。在这一点，我深有体会。我在插队农村生活，当了 3 年的民办教师。我们的感触是一样的，盼风老师说出了我们知青的心里话。

当盼风老师当兵后从知青到战士，直到 1979 年部队推荐他考大学，在填报志愿时，他为重圆教师梦，毫不犹豫地选择了师范类。他知道：教师的工作是艰辛的，但意义却是深远而伟大的。

二、盼风的军旅生涯

"背上了（那个）行装，扛起（那个）枪，

雄壮的（那个）队伍浩浩荡荡，

同志呀，你要问我们哪里去呀，

我们要到祖国最需要的地方……"

在《记忆中的颜色》一书里，盼风在部队的文章一共有 2 篇，看了这 2 篇文章对盼风的真挚、坦诚使我感动，请看他在文章的叙述："下老连队的第一天，排副带我们十几个'新兵蛋子'出公差——卸两车皮石渣。看到别的那些从小干惯农活的战友都干得很出色，我也不甘示弱，拼命想表现一下自己。可铁锹、叉子之类的工具在我手里却怎么也不听使唤。手脚并用也无济于事，我手上很快磨起了几个大血泡，不一会儿锹把就被染成了红色。我咬紧牙，坚持干到了最后。结果当天晚点名时，排长批评说：'听说有的同志干活时偷奸耍滑……'我知道这是指我，心里感到很委屈，第二天起床眼角还挂着泪痕。

"一日三餐，有两顿是高粱米，仅有的一顿馒头吃多少总也不觉得饱，肚子里缺'油水'的滋味更是难受。炊事班长是个山东老乡，很同情我这个城市兵，偷偷给了我二两豆油让我'自行安排'。站夜岗时，我到菜地里拔了两棵大葱，回班里悄悄捅开火炉，把葱放进半热的油中炸一下，然后津津有味地起来……那香甜、美妙的感觉是今天吃任何山珍海味都无法比拟的。"

部队的艰苦生活和刻苦训练，使他感悟到：艰苦的环境不仅磨炼人的意志品质，还能检验人的价值观、人生观。

当兵绝非是威武、气派的代名词，它更多地意味着付出，意味着坚强甚至意味着牺牲。

从盼风当时写下的诗歌，可以看出盼风的坦率，正直，浪漫、睿智和灵气！请看盼风入伍后的第一页日记：

闪亮的新月高高挂起，

喧腾的营房已经休息。

刚入伍的新战士呵，

就要书写第一页的日记。

亲友的嘱托，入伍的感受，

欢迎的场面，一天的欢喜。

炽烈的激情织成瀑布在奔泻，

怎样写呵，我的第一篇日记。

抬头看见董存瑞的画像，

英雄的目光正看着我手中的笔。

那神色昭示青春如火，

那巨臂能把山峰千座擎起。

写于 1977. 3. 15

　　盼风从知青到战士，从解放军战士到中学的高级教师、学校的领导，并且成为山东省青年作家协会会员。这与他的不断努力分不开的。请看他的自序：

　　"1975 年高中毕业后下乡插队，1977 年参军，1985 年转业回青。先后在国家、省市级刊物和报纸上发表学术论文、散文、报告文学等 30 余篇。"

　　他的个人感言：父母谆谆的教诲，让我从小立下远大的志向；农村艰苦的环境，让我从书本走向了坚强；军营火热的生活，让理想插上翅膀；教师平凡的岗位，让生命在奋进中发光……

　　在学校的工作中，盼风回到教育战线已有二十几个年头，现在是教育系统的高级教师，并且担任学校的领导职务，但是他还在奋发上进，每当在教师节收到学生们的一张张贺卡，听到学生们的一声声问候；他都会感到骄傲和自豪，感到自己很充实、很富有。感到大家的问候和取得的成绩是对自己新的鞭策！他由衷地说：

　　我爱学生，我爱教师这一行。

　　在 21 世纪的今天，孝顺父母又提到一个新的高度，而盼风对父母的孝顺也是社会的楷模：大家看一下他在文章对父亲的叙述：

　　"父亲在我们儿女身上付出了很多，而我们在老人身上却几乎没做过什么。

183

"现在，我很羡慕邻居的一位中年人，他每天傍晚用轮椅推着瘫痪的父亲从高楼坐电梯到马路上走一走，转一转，让老人看看外面的世界。

"能有机会孝敬老人，是老人的福分，也是儿女的福分啊！

"母亲还健在，我感到些许安慰：工作再忙，再累，我每周至少一次带着母亲喜欢吃的'好东西'去看望她老人家，帮老母亲换换煤气，刷刷碗筷，倒倒垃圾……

"我要以双份的孝心侍奉我的母亲，让母亲幸福地度过每一天，以此告慰老父亲的在天之灵。"

请大家看看盼风在部队写给妈妈的信。

如霜的蓝月亮

亲爱的妈妈，您好！
飞雪迎春，杨柳吐新芽。
皓月当空，军营静悄悄。
此时，我给您写信，
心中，腾起滚滚波涛。
当信像鸟儿一样飞到家，
也许，您正满面春风，
在包着水饺。
也许，您正和着弟妹的歌声：
"正月里闹元宵……"
您也一定惦记着儿子——
一年了，孩子干得怎样？
是否想家，
生活可好？
还记得吗，妈妈？
小时候，我曾是个淘气包，
整天跟战友冲锋"放炮"……
在我梦中的世界里，
当兵，该会多么美好！
您问我在部队干啥？
告诉您：

我们在铺架，

通向"四化"的金桥……

妈妈，

此时您一定十分快慰，

此刻您一定喜挂眉梢。

待明朝艳阳升起的时候，

再看儿子立功的喜报！

1978 年 2 月 3 日

　　当我全部看完盼风的作品，心里只有感动和震撼，假如我们每一个人每天都在奋发向上，那我们的世界，我们的祖国，将会变成什么样子，四个现代化也许会提前到来！盼风老师走在我们前面，走在时代的前面，让我们大家一起向他学习！

　　让我们再用盼风的语言来作为文章结尾吧！

　　"我爱学生，我爱教师这一行。"

第四辑　瀚海、浅滩、随想、拾贝

"蓝蓝" 的知青作品读后

雏鹄蕴就冲天志，
日夜兼程未敢迟。
忍看风云穷历练，
回眸一笑夕阳时。

　　读着蓝蓝大姐的作品，知青年代的回忆一幕幕映上心头。蓝蓝，本名蓝继红。1968 年作为广州知青下乡到海南岛儋州县西庆农场，她的经历也是我们知青的共同经历，她用平叙的手法，写出了广州知青在海南战天斗地的史诗。她的第一篇文章写得是黄波，他年纪小。和大家一起在兵团的日子过得很苦，住的是茅草房，吃的是粗米饭，每天干的是强劳动，当时在兵团流行的话：女生干的是男生的活儿，男生干的是牲口的活儿，身在苦中不知苦。由于缺少粮食，饿得三皮天天叫胃痛。但是，大家每人省出一点饭票，支援小黄波。请看书中的记述："大家谁也没说话，默默地回去把自己的饭票拿来，有的三斤，有的两斤，有的五斤。捐出五斤的我都给退回去了，并马上宣布每人最多拿出三斤来。我把大家的饭票集中起来送到男宿舍里时，小黄感动得要哭了，他说啥也不接受。因为他知道大家的口粮都很紧张，他要是吃饱了，别的人会更加饿。在大家伙软硬兼施的说服下，我们把他的粮食问题给解决了。剩下的支援了其他有需要的男知青战士。"看到这里，我的泪水在奔流，我好像又回到了青春时代，回到了用地瓜面窝头蘸咸盐的苦日子。那个时代，粮食是多么珍贵，可是，我们知青的友谊比山高，比海深！

　　在 1970 年的台风季节，那天，海南岛沿海地区刮起了 10 号台风，狂风夹带着暴雨，从天上尽情地倾倒下来。狂风中夹着龙卷风！

　　这是有生以来第一次见到，我们都在庆幸着刚好赶在台风前搬进了砖瓦房里，让大家躲过了这场罕见的大风暴。但是为了抢救集体的财产——

猪，有的知青差点付出了宝贵的生命。请看蓝蓝的记述：位于南正山坡地的养猪场里的一百多头猪被山洪围困住了，要不及时地砸破围墙放猪，全连队将会整年都没猪肉吃，连长要求只要男知青去就够了。但是他话还没说完，我们都飞快地朝着猪场的方向冲去，哪里还分什么男呀女的。

转过了峭陡的山坡，原来在这里就能对山下的猪场一目了然，现在只见这漫天的暴雨扑面而来，打得人生痛，连眼睛都睁不开，五六十米之外啥也看不见。特大的暴风雨把山上的树刮倒了，断树顺着山势随着山洪滚滚而来，横七竖八地拦堵在原来通往猪场的小路上。

猪场三面是山，洪水从三个山上夹带着山石一起冲下来。黄泥搅着山洪，洪水夹着山石，一路坑坑洼洼，越往下走水越深，浑浊的泥水已经漫过了大腿，涌上腰间。

猛然间，我的腿被一块大石头撞着了，我身子一歪，仰面八叉地倒在泥水里，水马上淹过我的头，我手忙脚乱地在水里爬着，跟在我后面的老连长眼疾手快地一把将我拽起来，我水淋淋地站在风雨中直发抖，然后定了定神说："好险哦！""水太大，大家手拉着手走！"因为摔了一跤，我们掉队了。这下只好手拉着手，一路继续跌跌撞撞地在浑水里摸爬着前进……

一阵狂风暴雨过去后，雨渐渐地小了点，能见度稍增大了些。连长跑到前面去大声呼喊要大家拉着手一块走，别叫水冲走了……

突然，走在我前面的团支委谢伟伦指着约七八米开外的地方，说那有一头小猪顺水漂移着！我顺他指处一看，可不是吗？一只黑黑的小猪在水里一翻一翻地漂着，还不知是死是活呢。"我去把它救下来再说。"谢伟伦说着松开手，蹚进快齐腰的水里，追向那头猪……

没有想到，那黑点竟然是我们的知青战友，用自己的性命抢救小猪。

昏迷中，她还在喃喃地说道："水退以后，猪真的会自己跑回来吗？……"

多么令人感动的话语，这就是我们知青的胸怀！

在一个雷电交加的"拖拉机地"里种花生，是拿着生命在赌博，但是我们的知青没有考虑自己，只是为了花生，请看：海南岛的天就像孩儿脸，说变就变，刚才还是朗朗晴天烈日当空，转眼间就浓云密布，拖拉机地里连躲雨的地方都没有，大家只好加快速度冒雨抢种了。眨眼间，天空轰轰隆隆地打起雷来，天色骤然灰暗。猛然间，一道强烈的电闪穿过天幕直划到旷野上，山头被强烈的电光照的惨白惨白，与此同时，一个个巨大的雷轰隆隆滚滚而至，狠砸在山地上爆发出一个个火团！突然，一个雷自天而下打在花生地上，就炸在知青当中。我们被雷打得七歪八倒的，一位绰号叫小鸡蛋的广州知青应声倒在地上，半天没有爬起来……

　　知青，一个时代的产物。在全国几千万知青奔赴农村、边疆，用鲜血和生命谱写了一支支时代的奏鸣曲，虽然他们的故事、经历各有不同，但他们的命运是共同的。他们的青春留给了祖国的土地，这种精神，值得我们深思！给我们的子孙后代留下了宝贵的遗产。

如霜的蓝月亮

盘点我的 2007

转眼间 2007 年悄然走过，迎来了举世瞩目的 2008 奥运年，寒冬的北风凛冽，春天的百花齐放，夏天的热烈，秋天的树叶飘落凋零。我们额上增添的皱纹，头上飞落的霜花，数着 365 天的悄然度过，也使衰老的心情在增添着淡淡的忧伤！对于已经步入天命之年的我，今年收获属于丰厚的，在网络上增添了许多朋友，在新闻网发起了六月征文和岁末征文，有许多青岛知名的作家参与。和朋友一起完成了《山海日月情》、《琴岛情韵》作家出版社的两个散文集的编辑出版。虽然也耗费了许多心思，但是，能把自己和朋友平日写下的旅游随记、生活琐事和人生感悟的精选文章发表，也是一种心灵的释然。风在门外叫，心随着那风在天地间旋舞。愁默、只零和惆怅，随风而去。雪花送来洁白的心情，飘然洒落在明天的路上。圣诞节的几天，自己经常反问自己，是不是自己老了？为什么老是爱写一些伤感的话题，喜欢回忆学生时代和知青年代的印象。记下的文字和故事，总是想追回消逝的青春。无奈身老体衰，只有增添内心的伤感，让热泪溶满眼眶。从学生时代，就迷恋于读书，喜欢散文，喜欢诗歌，喜欢小说和评论。在 20 世纪 60 年代就开始用诗歌的形式写日记，知青插队年代写下的诗歌至今爱不释手。长期以来，对文学的沉醉、迷恋、热爱，那感觉就像大海的浪潮，汹涌澎湃。70 年代回城后，在许多次文学创作会上，结识了青岛文坛的许多老前辈，现在，老前辈们大部分已经驾鹤西去，一起参加文学创作会上的同学有的现在青岛文学界担任主要领导，有的早已经下海从商，也有的朋友永远离开了我们。我很相信缘分，因此也格外珍惜缘分，闲暇时分，总是在思索，有时候一个人徘徊在海边，对着大海呼唤着心中的朋友。1998 年开始在儿子的帮助下接触网络，通过网络，认识了许多全国各地的朋友。网络充实了自己的生活，获得许多乐趣，从网易文化到红网的文学天地，从红袖添香到文坛社区，还有全国各地的知青网站，都有我的知心朋友。2002 年青岛新闻网给我们老知青开设了知青版块，我们又开办了青岛知青网，使我的业余生活更加充实。在我们的生活中总会遇到一些这样或那样的不称心、不如意的事情，为孩子，为工作，为生活，为下岗。夫妻之间，老人与孩子之间都可能遇到磕磕绊绊，但是，只要抱正确态度面对，认真加以分析对待处理，不由此而伤悲，伤神，伤心，乃是最重要的。把放平的心态投入到网络，周游的一篇篇精美的文章中，把心情的灵感、每一个回帖、轻轻的一声问候，敲进键盘，显示在荧屏，点点滴滴，汇流成河，奔腾入海，化作心灵，这其间充满了欢笑，也盈满了泪水，荡涤了心灵，和天涯海角的朋友结下了友谊！武汉的知青朋友访问青岛，广州的知青朋友访问青岛，烟台的朋友，天津的朋友，四川的朋友、北京的朋友等全国各地的朋友都来看望我们，看看我们的青岛的大海和崂山。当他们来的时候，虽然我们为了他们安排食宿旅游做了许多工作，但是我们感到由衷地高兴，为我们美丽的家乡高兴，为我们通过网络这个平台交往的朋友，结下的友谊而高兴！2007 年已经过去，举世瞩目的 2008 奥运年已经在我们面前展开，青岛是北京奥运会举办项目比赛的城市，届时，会有更多的朋友参加到我们的网络，旅游到我们的青岛。青岛有蔚蓝的天空，浩瀚的大海。奔腾的海浪给我青春的力量与勃勃生机，在新的一年，我们的帆船将航行在奥运赛场的海面，怀着内心深处的感动与激情，面对荧屏，轻敲键盘，漫步网络世界！

简述"情"在《山海日月情》一书中的作用

我们岁月论坛的 12 位作者最近出版了一本书——《山海日月情》，文章可谓篇篇精彩，情在其中，值得一读和收藏。

"情"字牵扯茫茫天地。情为经，理为纬，构成大千世界。假如你喜欢旅游，走遍祖国的大好河山、江河湖海，你就会感到山水有情；当你与情人在热恋中，与朋友在密切的交往中，你就会感到人间情义的宝贵。你就会感到天空、太阳、大地、月亮都在值得你热恋。

情感，世人识透者有几？说它像火、像冰、像太阳、像月亮、像雾像雨又像风……都像，又都不像。总之，情藏于人的内心，深入血液，在你的语言文字中体现喷发。

走过人生的 58 个春秋，体验过人生的苦、乐、悲、念、愁，写下了看到的和经历过的故事。春花秋月，物换星移，狂风暴雨，激浪滚滚，无奈天地的一树，一草，一石，一沙。古人谓枝枝叶叶总关情，于是，我的青春时代的插队情结，地瓜、小麦、高粱、玉米都成了我当年情义的寄托。随着儿子长大外出闯荡世界，父母的相继离去。又给心灵增添了悲情，思念父母也成了夜间的梦中情话。也是我写的此类文字跃然荧屏。纵观我们《山海日月情》书中 12 位作者的文章。写山则情满于山，写海则意溢于海，心随山转，情似水流，天涯海角，千里婵娟，情感化为无形翅膀，在荧屏流淌，在书中流淌。精美的文字掠过无数江山，拂过多少情长！快乐在临风长啸，思念在辉映月光。再见知青年代的一腔真情，仍然在荒山野岭叹息，彷徨！

马玉良，李岩，王枚，刘小龙，何效杰老师在旅游中发现山的魂，海的韵，文笔动处，山呼海啸，情浪滚滚。跟着他们的笔锋游走天下，是一种享受，也是一种美丽！然而，现实的情感又是如何？看海滨，姜言正，杨昌群，王修材，剑凌等的作品中情感横溢、奔流。从细微的生活到观察动物的世界，从邓清梅书写的知青悲剧故事到剑凌、王枚的战友情感的回顾。网络情缘，人生之道，不能为情所困，做超然之人，又容不得儿女情长。只有快乐面对！

我曾经写过一篇文章，讲情在文章中的重要性。作为一个好作品，感情的表达是至关紧要的。正如鲁迅先生说："创作须情感，至少总得发点热。"而现在的许多作品缺乏的就是情感的运用以至于表现的过于直白、乏味。我们的《山海日月情》12 位作者的文章，在世事变迁之中，花能依旧红，青山依旧在，为情而喜，为情而忧，把情感写进自己的文章，让文字感动自己，感动别人。这就是《山海日月情》的成功之处！

对于情感的讲述，就谈这些，也算是献给大家的一篇对《山海日月情》一书的读后心得吧！

如霜的蓝月亮

谈谈灵感的产生与诗歌创作的关系

在文艺创作中，许多朋友都感到灵感对创作的重要性，灵感是什么呢？它是在特定环境中产生，又在特定情绪状态下创造性地想象所爆出的火花，也是一种"悟性的闪念"。灵感的到来，是诗人的想象达到了颠峰。正是："忽如一夜春风来，千树万树梨花开"。

一首好诗，作者首先要从生活中接受素材，就如同蜜蜂采集花粉一样，经过大脑的积累加工后，激发灵感。而激发灵感则需要宁静清新的环境，幽雅闲适的心绪为媒介。许多作者都有这样的体会：正当你想构思一个作品而无从下笔时，有时却在梦中也会得到佳句并完成整个作品。为什么？这就是灵感的火花！这就是你的大脑经过休息对你在脑中的生活素材进行加工整理，调动脑海中潜意识的积极性，产生的灵感。

古今中外的诗人李白、杜甫、普希金、雪莱、马雅可夫斯基、郭沫若、贺敬之、艾青等许多诗人，他们的作品都带有鲜明的时代感，都是灵感的喷发与诗兴大发的连带产物！

既然谈到灵感与时代生活的重要关系，那么，我们的作者在考虑自己的作品创作时就要考虑一下了解该作品生活的底蕴，这样才能使自己写出的诗歌作品趋于丰满。以上的看法仅仅是个人创作的几点经验积累，请年轻的朋友们参考！

第四辑 瀚海、浅滩、随想、拾贝

谈谈情在作品中的运用

　　一首诗歌、一部作品里如果没有情，作品必然显得呆板、抽象，没有生命力。最近，我在和一些朋友谈起诗歌的创作，谈到现在发表的许多诗歌时，分析了感情在诗歌中的重要性。一个好作品，往往是作者用鲜血和性命写就。鲁迅先生说："创作须情感，至少总得发点热。"而现在的许多诗歌缺乏的就是情感的运用以至于表现的过于直白，乏味。那么，怎样才能把作品、诗歌写的有情？我认为，首先，取材是很重要的。要感动人，作者要先被感动。就是您写的这件事能不能感动您自己，您的语言是否精练？要敢于把丰富的、具体的情感灌注到整个作品中去。题材、人物、故事语言、情节构思、都要经过感情的血液浸泡滋润，放在心灵之火燃烧，才能感动自己，感动别人。写出的情，要饱满，要充沛，要强烈。任何轻视情，排斥情，回避情都会使文艺作品苍白无力，当然包括格律诗词和现代诗歌。写诗歌要有激情，从生活中来的诗歌更需要情在其中，才能显出诗歌的生命力。在我们读诗歌和其他作品，如果是伤痕文学是否感到悲哀，如果是抒情的作品是否也感到快乐，如果是在讲述故事是否能吸引住您自己。如果您的作品大家都看不懂，那就要考虑改变一下自己的写作方式和虚心地听取别人的意见。总之，我希望朋友们在写作时，一定要考虑一下自己的作品是否揉进了情。

　　讲了这么多，仅供大家在写作时参考。

谈谈诗歌的创作与学习

从最早的笔耕文字到走进网络诗歌论坛，看到在这个新天地有许多新作者和许多优秀的作品不断问世，确实使我感到由衷的高兴。对于诗歌，我虽然已经耕耘了30余年，但已感到自己的明显不足，努力吧？又力不从心了，为了互相交流，促进诗歌的发展，现在将自己的体会写下，与大家共勉。

写诗歌的第一个要素是：顺口有韵、即使是新诗也要有节调，押大致相近的韵。做到易记、能唱。顺口、押韵是我们古典诗歌的传统，也是民歌的重要特征。能唱也是诗歌的一个特点，从汉乐府、唐诗、宋词以及现代诗歌当中，有不少出色的例子。

诗歌起源于劳动，服务于大众。因此，写诗的第二个要素是注意诗歌的艺术性，要做到诗美、语言美、精练，不能读诗如嚼蜡。有的作者为了凝练词句、写出的古风诗我们看都很费力，还有的作者写的现代诗歌简直是西方诗歌的翻版，很难懂。这都不符合诗歌的艺术性，因为大家不欢迎。现在的诗歌应该吸取古典诗歌和民歌讲究韵律、有节奏、顺口易唱的特点，吸取西方诗歌明快、激昂的特点，创立诗歌新的民族形式，不断地提高艺术水平。做到，既有古典诗歌的凝练精警、耐人寻味，又有民歌的朴实平易，刚健清新。写出具有自己风格的好作品。

写诗歌是用于情，要写出诗的感情，构思选材是非常重要的第三个要素，如爱情在当前发表的诗歌中占很大一个比重，比较好写。世情就要难写一些，因为您要反映一个事物，选材要严，发掘要深。并且要起到一定的宣传教育作用。构思巧、意境深是表达出感情的重要步骤。另外，熟悉生活、多读书，走向和深入生活也是写好诗写出诗的感情的必须条件。如网易现代诗歌的作者"晓风"写的反腐败打黑篇，如果没有实际生活和细心的观察是无法写出如此深刻的诗章。从湖南红网"门外"老师的诗能看到浓郁的生活气息，土地的香味！"照楼"的春节探家用亲身经历写出了外出打工者回家过春节的心情！在世界上，中国诗歌渊源流长，在历史上有许多好诗流传于世，近代史好多诗人和作品更是名扬中外。一首好诗应该是艺术形式同深刻的事物思想联系在一起的。分析和评点一首诗：

1. 诗中语言的凝练；

2. 内容、感情艺术的表达；

3. 每行诗、每节诗的内在联系。都要仔细分析，推敲，不要以自己的口味来要求别人，更不要以自己错误的论点指责批评别人，每个人的诗作都有自己的特点，应该发挥特长，写出自己的风格。

另外，还有其他形式的诗歌都是由劳动大众在劳动、生活中创造和发展的。随着社会的发展，诗歌与其他文体结合又生出散文诗、叙事诗、史诗、儿歌等文学体裁，"忍看朋辈成新鬼，怒向刀丛觅小诗。"这是鲁迅先生在悼念左联五烈士诗中的两句诗，写的既凝练，又富有其战斗性，并抒发了自己的情感。进入21世纪，我国的诗歌创作又有了新的发展，即由写三大革命、阶级斗争的政治抒情诗转到写个人情感，社会、生活、环境等诗歌。写格律诗、词牌也涌现出一批优秀专家，像古风中以"柔柔"为代表的青年诗人们，驾驭古典诗词，确实令我们这一代惭愧不如。在新诗的创作中，许多新作品以多维空间和多项思维展现了生活的丰富性、新鲜感，流动着开放以后的特有活力。

总之，构思要新，发掘要深，凝练词句，要有韵律。力求完美，这是我们对诗歌创作应抱有的态度，这样，才能使自己的水平不断提高。

以上所述，是本人从事创作中的几点体会和看法，写出来供大家参考和探讨。

海天蓝月亮的感慨

"海上生明月，天涯共此时。"在中秋节即将到来的时候，我们在论坛发起"中秋征文"活动，仅仅一个月，"中秋征文"文章达到260多篇，文字达到60多万。参入投稿的作者达到50人之多，精美的文章，美妙的语句，使我感动。我与李岩、杨昌群、戴晓光、李宗津等朋友聚坐在月亮下面，欣赏着篇篇美文，不由得发自内心地感慨："春江潮水连海平，海上明月共潮生。滟滟随波千万里，何处春江无月明……"此时，我们的文集，我们的征文精华专集就有了名字："海天蓝月亮。"经过反复筛选，由于文集篇幅、所限，忍痛割舍了一篇篇好文章，最后，一本由22位作者的美文章组成的散文集《海天蓝月亮》在国庆节前正式出版了。

手捧这精美的散文集，我仿佛在晚霞退尽，夜幕降临之时，看到蓝色的大海潮涌无边，月在水的尽头冉冉上升，月共潮起，潮随月涌，极富诗意，当月亮爬到天上的时候，白云游走，星光闪烁。海中月亮的影子随波涛起伏，粼光闪烁，大海如银，沙滩如银，使我真正地领略到了古人"海上生明月"的意境，海天蓝月亮的奇观！

经历过蹉跎岁月的大美之境便是在中秋赏明月，我们的作者们都盼望能在国庆前看到我们书出版。我们请青岛文坛的领袖、山东作家协会的副主席纪宇先生为我们的"海天蓝月亮"写了序言，纪宇先生也是60开外的人了，让他老人家点灯明烛熬夜一宿义务给我们一干爱好文学的作者写序，也是世间最难得的兄弟真情啊！

明月已经不知不觉地在升腾，我们祖国的神舟7号也要在月圆时升空。李岩和杨昌群提议：能否在彩页的诗歌里和前后扉页加入歌唱神舟7号奔月的内容，这个提议得到了大家的赞同，正因为这个提议，"海天蓝月亮"一书增加了分量，目前它已经作为我们论坛朋友祝贺神舟7号载人飞行胜利的贺礼，送往北京航天公司英雄们的手中！

我喜欢写月亮，我们论坛的朋友也喜欢写月亮，每年中秋，我们都用诗歌、散文来描写月亮，赞美团圆。老子说大象无形、大音稀声、大道无言。我从明月中，发现恬静，激活灵感，从朋友们的文章中体会出了老子所说的这三种意境，但我也知道，这三种意境其实还根本无法概括"海上生明月，天涯共此时"的意境。蓝月亮的美的内涵已经跨越世纪，随大海的波涛奔腾，在白云中穿行！

"海天蓝月亮"给月亮戴上了朦胧的面纱。从远古时候，人们焚香拜月说心愿，祈求月神保平安；民间以月饼相赠，取月圆之意；灯谜、吃月饼、燃灯、玩兔儿爷、祭月等。今天，我们用心中的文字迎接中秋节，写昨天的故事，写坎坷人生，写美丽的向往。写蓝色月亮。我们在童年听老人们讲的嫦娥奔月，中秋起源，起义抗元，吴刚伐桂……现在是我们给孩子们讲述的话题。神话毕竟是神话，其实，月亮就是一个没有开发的大球体，它的面积是地球的1/49，现在我们的神舟6号正在与月亮对话，神舟7号载人飞船成功往返太空，月球正等待着我们人类去开发……也许，我们的下一次征文将用诗歌的形式赞美月亮，我们的蓝月亮文学社，蓝月亮登山队，蓝月亮开发公司都将陆续问世。

蓝色月亮在高空向我们招手，我们的思绪穿过白云，向月亮飞行，新的神话故事在太空延伸，青春永驻，我们将永远年轻！

如霜的蓝月亮

瞻仰绿色观音的感悟

在平度茶山，绿色观音倚山而立，高百米，宽几十米，就是手中的净瓶也是超过十个平方米。我们的文学老祖宗孔子在《论语·雍也篇》中说："智者乐水，仁者乐山；智者动，仁者静；智者乐，仁者寿。"如此浩大的绿色观音工程，竟然全部由常青树构成，让来人看到大自然的魅力，人的巧心匠力，不由你不感到惊叹！我正是游览了茶山，看到了如此神通，对神、对信仰、对宗教的理解才始有了新的升华。茶山的绿色观音，远远看去，背倚高山，顶天立地。观音慈祥地手持白玉瓶，霞光闪闪，普及众生百姓。给人以气势磅礴，至高无上的感觉！我们乘坐的登山车从山下盘旋而上，看到绿色观音背靠茶山，脚踏水库，佛相庄严，雍容祥和，潜意识中有一股看不见的作用力把我们的心牢牢地牵住，不由得从内心深处为之肃然起敬。我虽然没入佛门，但在这里却分明感受到神的存在，自然中有一种强烈的震撼和冲击，刹那间神清气爽，心平如镜，精神升华，似乎感受到神是万能的，无处不在，这时，感到我进入了一种从来没有感触过的境界，不由得自叹人类在菩萨前是何等渺小，在大自然面前是多么无助，只有在精神上寄托于佛的恩慈。绿色观音巍巍而立，用万年如一的目光凝视着清风徐来，凝视着赤子百姓，大千世界，兴衰存亡，逝者如斯……据导游说：绿色观音是平度企业家茶山集团董事长崔进光的创意杰作，正是这非凡的创意也给观音增添了神秘色彩，给茶山增加了神奇，奇山和神水都是人们在自然界寻找的梦境，山的内涵是厚重静穆，水的特征是深邃灵动，仁和智则是人们历来追求的至高境界。观音菩萨是百姓千年的保护神，富人想企求菩萨保佑自己再富，长生不老，子孙满堂；穷人想企求菩萨保佑平安，祛病免灾。也许就是吃顿饱饭。因人而异，见仁见智自在当事者心中，心灵上能得到满足，就是人生最大的乐趣。我虔诚地望着眼前这依山傍水的绿色观音，感慨游人们纷至沓来，顶礼膜拜，不由得对保护茶山、投资建设茶山的崔进光先生的壮举升起深深的敬意，也许是羡慕宗教信仰的缘故和本身从小对菩萨的敬奉因素，更崇尚的是感到老百姓的心中渴望真善美，渴望幸福。佛在茶山，菩萨在人们的心中。

雪夜梦景

窗外，雪花飘飘，又是一个冰冷的夜晚。

从小睡觉爱做梦。童年时代，梦想吃顿好饭，吃水饺，吃顿肉，过年穿件新衣服就满足了。

上学时候，梦想老师表扬，考试前三名，考重点中学。

知青插队年代做梦，梦见和爸爸妈妈见面，兄弟姐妹团聚也是一种每年春节才能实现的奢望。

回城就业结婚后，盼望有一间属于自己的小小蜗居，盼望父母能健康长寿。

转眼间，步入花甲之年，父母早已经离去，只有在梦中才有和父母团聚的机会，因此在睡眠时也不时地盼望父母早早地出现，好多聊点时间。

每天电视节目演播结束，我就钻进被窝，开始寻梦。

当年我有许多美丽的梦，香港回归，澳门回归，台湾回归，然后去香港、澳门，台湾旅游。后来，香港回归，澳门回归的梦实现了，我想：台湾回归的日子也不会太远了，祖国要统一，这是个潮流，是全国两岸人民的希望和梦啊！

我的父母的父母原来也是农村人，在战乱时代，农村没有办法生存，母亲全家从农村来到青岛，经人介绍，认识了父亲，在台东区和老乡合租了一间房子，后来，有了姐姐、我和大弟弟，家中住不开了就搬到市北吉林路的一间 16 平方米的平房居住，这间房屋，伴随着母亲和全家 9 口人整整住了 50 年。

我在 1985 年靠工作单位的帮助终于有了属于自己的房屋，兄弟姐妹也都纷纷离开老屋结婚、生子，只有我的父母，始终在老屋坚持居住到离开人世。

从插队知青分配到企业工作，本身就是一个质的飞跃。当工人也是在农村的凉炕被窝日日追求的梦境，谁知这个美梦竟然让我一直在企业做了将近 40 年。企业破产，下岗再就业，温饱问题又是重要课题。

当我漫步在海滩，大海的浪花告诉我：不要灰心，要有梦，只有梦才能前进。

当我攀登高山，高山的风告诉我：只要我们梦还在，胜利始终属我们！

当我面对荧屏，敲击键盘。朋友们的文章给我信心，我看到了春天，看到了朋友们的鼓励和热情的笑脸。

我看的电视节目最喜欢的是足球，尤其是国内的中超联赛和有我们国家参加的世界大赛，每场必须看，雷打不动。经常在足球开赛前的几个夜晚梦见我们的足球冲出亚洲，走向世界，但是在球场上看到的局面却一次又一次地感到伤心，现在金钱铜臭已经占据了球场，我国足球的发展已经到了应用爱国、民族气节精神来促进我国足球发展的关键时刻！

年过花甲，儿子不在身边，关心的仍然是孩子的婚姻问题，房子问题。但是，远离父母的孩子，他们在做着怎样的梦？还需要我们去安排他们的人生道路吗？

我们年轻时代总喜欢出去闯荡世界，不是以为自己是一只雄鹰的吗？孩子们现在离开家长，也正是雏燕展翅，像雄鹰一样搏击长空呢！

我想起电影《列宁在 1918》的经典台词，"面包会有的，牛奶也会有的。"那我们的孩子始终在幸福之中，虽然也在社会打拼，他们的家庭、婚姻、房子等一切也会有的，祝愿孩子们早日获得幸福！

窗外，雪还在下，我在鼾声中进入了梦乡。

如霜的蓝月亮

生命的意义

在世界上，人的生命是第一宝贵的财富。生命的意义在于活着，为谁活着，为什么活着，活着的意义又是什么，这却是一个很难回答的问题。

在历史长河中，生命的意义是一个解构人类存在的目的与意义的哲学问题。而活着的意义却因为人的地位不同、职业、年龄不同而能做出许多的回答，但是，有一个共同点：人活着就是为了生活更快乐，更幸福，人为了追求自己的幸福，必须努力工作，广泛结交朋友，在工作中寻找快乐，在生活中寻找乐趣，让单调乏味的工作充满快乐，让自己的业余生活充满快乐，身心健康。

关于生命的意义有一个歌词能给我们带来许多启示："黑夜来临是否感到孤单，独自一人是否你会彷徨，这世界有多少这样的你我，就让我们彼此关爱……爱你的家人，爱你的朋友，用心去爱你的爱人，爱这个世界所有人们，这就是生命的意义。"

很喜欢这样的歌词，记得在 20 世纪 60 年代，我们的社会出现了一位划时代的英雄人物雷锋，他用全心全意为人民服务的精神征服了世界，感动了社会，雷锋的毫不利己，专门利人的为人民服务精神感动了全国的亿万人民。每年 3 月 5 日，纪念雷锋的活动遍布全国，我们那个时代的人就是伴随着雷锋精神走过了将近 50 年，现在，还经常以雷锋精神鼓励和鞭策自己。

生命是宝贵的，在人类时间大河的浪潮中波涛翻滚，一直奔向远方。流过青山峡谷，走过平原丘陵，哪怕流到风景绝佳处，还没有欣赏够，便已经流过。记得有位伟人曾经说过，有些人活着，却如同逝去，有些人逝去，却永远活着。雷锋离开了我们将近 50 年，雷锋精神永远活在我们心里。人的生命只有焕发光彩，方不辱没生命的意义。

《西藏生死书》作者索甲仁波切曾写道："明天与来世，谁来得更早，只有天知道。"人类的生命都不受自己主宰，近年来，我的朋友中许多健康的中年人，由于疾病，悄悄地，在睡梦中、在病床上，在旅游中离开了人世。人的生命是有限的，但愿每一个人都像雷锋那样毫不利己，专门利人，让自己的生命得到永恒，这便是对人生的珍惜，也是一种美丽。

人生总是这样，有时由得自己，有时也不由得自己，因而，珍惜是生命的本真。在我们那个年代，我们的父母辛辛苦苦抚养拉扯了许多孩子，他们离开人世的时候，还只是为温饱而忙碌一生。他们为社会创造积累了财富，留下了继续为社会创造财富的子女，他们的一生也是值得他们的儿女，值得全社会的人们去怀念，祭奠的。

在人的一生中，不要过分追求名与利，贵与贱，富与贫，而是要考虑如何好好地快乐地度日，俗话说："如果生命是树，那么理想是根，勤奋是叶，毅力是干，成功是果。如果能在奋斗的指引下，勤奋执着地去追索成功，你的生命之树就会开花结果。"

珍惜自己，珍惜生命。不仅仅是珍惜那与自己骨肉相亲的人，也要珍惜世界的每一个人，每一个鲜活的生命。珍惜一颗种子，便会有一束绿荫；珍惜一滴清水，就会获得一股清泉；珍惜一个小动物，人类会得到快乐；珍惜每一个生命，帮助每一条生命，也许，你的生命会更加宽慰，快乐。

著名文学大师朱自清对生命有这样的名言"我若能裁你以为带，我将赠给那轻盈的舞女；她必能临风飘举了。我若能捆你以为眼，我将赠给那善歌的盲妹；她必明眸善睐了。我舍不得你，舍不得你"。人类的生命只有焕发光彩，方不辱没生命的意义。在我们的历史长河中，无数英烈为了祖国，为了人类使生命变得精彩而做出了生与死的抉择。他们的生命在宇宙之中永生不灭。也许这样才能使我们短暂的生命更加体现出生命意义的光彩。

我为《雪的希翼》征文感动

接到青岛新闻网市北论坛版主"缘来是你"的邀请，为爱团购"我本伊人"有奖征文做一个点评，抱着好奇的心情来到团购社区论坛，注册了一个名字登录，首先对团购论坛参赛的各位朋友的热情所、感动，在严寒的冬季，在大雪纷飞的日子，在茫茫雪野，在团购社区，开放出一朵朵瑰丽的鲜花，我悄悄地走进大家的内心世界，看到美丽的文字，纯洁的心灵，像洁白晶融的雪花，在飘舞，在诉说，我的心为大家的热情感动。《梦里崂山已落雪》是格里先生踏雪游山的佳作，看到他的文章好像跟着他的脚步，跋涉在茫茫崂山的雪原，"茫茫大山里，雪落无声人有意，醉梦梨花情几许。我敬畏地怀着诗意边赏雪边行进，一行行的脚印留在身后，歪歪斜斜，仿佛是我心路的痕迹。山中听雪，从簌簌的落雪中，我仿佛听见溪谷里冰河下涌动的溪水潺潺流淌的清灵悦耳的音韵，听得见雪被里小草的梦语……水塘里的残荷已经冻结在冰面上，上面又落满了白雪，一幅凄美的画面。哦，那就梦里踏雪寻梅吧，俯身抓一把沁甜沁甜的皑皑白雪，我仿佛品出了一缕缕醉人的花香，瑞雪中一株株雪梅如期绽开了，白雪映衬得红梅更显风姿绰约，使得梦中的我不由吟起宋人卢梅坡的诗句："梅雪争春未肯降，骚人阁笔费评章。梅须逊雪三分白，雪却输梅一段香。"在贝可新语先生《雪的希翼·男儿当自强》的登山文章中，我看到了贝可新语先生在报名参加了一次强度比较大的崂山四顶穿越，他信心满怀，向崂山进军。他在文章中说："我想以前和别的队伍登山时，我总是喜欢做头驴，这次我还是轻装上阵，一定会跟得上队伍的。登山开始了，在不到九点的时候，我们进入雪线了，坡度越来越陡，雪很厚，很滑，很快，我被抛在了后面，还没有到第一个山顶，我就感到自己体力不支了，好容易到顶，气还没有喘顺，竟然开始下山了，在湿滑的雪地里，那哪里是走啊，分明是一路的小跑，很快到山底，然后又开始第二次的攀登……雪在脚底下吱吱的响，偶尔有时间抬起头来看看脚下风景，竟然是那么的迷离：树挂，雾凇，皑皑的白雪，心情豁然开朗……下午4点，完成最后一个山顶的穿越，我们出雪线了，望着身后雪中的崂山，感触着这一路走来，在那么恶劣的环境中，我中途两次想过要放弃，可是最终我突破了自己，完成了这次超过我体力能承受限度的四顶穿越！"我为贝可新语先生的精神、气势感动，为贝可新语先生征服了崂山的一个顶峰叫好！只有这样的人，才会在事业上获得成功。benniu2004在《雪的希冀》雪峰转运的雪中诉说着她的故事，"雪，纯洁无瑕。在别人的眼里，它就是自然的产物，但是，它与我的人生轨迹却有着这样那样的联系。缘分？或许吧。我与雪的那种缘分说不清，道不明。"她为雪的纯洁、雪的承诺感动献身，她相信这样的承诺"这片银杏林里，雪没有被任何人破坏，就像我现在的心一样。我爱你，我会给你幸福"。她来到青岛安家，结婚，生子，走进了人生最幸福的家庭乐园。看到这样的文章，我的心又一次被震撼，在拜金主义充斥的今天，能看到为真情感动的女孩勇敢地寻找着爱情，寻找着幸福，我感到欣慰！祝福benniu2004的家庭永远幸福！

在漂泊的岁月里，我喜欢写信，但是今天我看到星心狐的信《下一站，幸福！》却让我又一次感动，在寒冬飘雪的季节，父亲逝去了，在6年前的今天，外婆又逝去了，苍茫的大地依旧是寒冬落叶，随风飘雪。如今又是个飘雪的季节，他和哥哥通信，写出了充满理智，耐人寻味的书信："哥，有些过去就让它随着某些人的逝去万事成空，我们都不是单纯的空白如纸，给彼此一个了解对方的机会，一点平静的时间，一点点关心，一点点温情，重新去架构你的生活，着眼于眼前，为生计去打算。哥，老天已经给了你太多磨难，反而你要更加坚强。你的倔犟，你的较真，你的经历，你的心情，其实都让我们很心疼，可是哥，我们都希望你幸福。但愿过了这一冬，那些飘雪能带走所有一切前尘往事，留下的只是雪的希冀和你微笑的脸，哥，记得，一定要幸福，永远！"谢谢您，星心狐，你的信发表，无论是对您哥哥，还是对社会的许许多多青年人都是一种警示，有一定的教育意义。

当我们在茫茫雪原看到高大的雪人屹立，您一定会感到温暖和世界充满活力，晨阳妈妈的《雪人》就带给了我们那样的快乐和悬念，文章没有去写雪人，却在"在那个有雪的早晨，还不到8点的晨光里，我开了广播，放了范晓萱的'雪人'。"在历史的长河里，她记忆着"很热闹的一场雪仗，在操场上，认识不认识的男女同学都打得难分难解，这似乎是学生时代里最深刻的一场记忆。"感动就像蝴蝶的翅膀，翩翩起舞，就很容易接近幸福。同样，我们阅读了这篇文章的每一位朋友都感到了快乐！

阅读了大家的散文我谈了粗浅的体会，感动的泪水却流了不少。多年来，我们新闻网"蹉跎岁月"论坛经常进行征文比赛，已经出版了 10 本散文集。许多青岛的著名作家在我们论坛出版的文集里发表文章，我真诚地希望大家积极写作，把这样的好文章也变成专集，促进我市文学事业的发展！

这次比赛的稿件中有 8 首诗歌，我很喜欢诗歌，记得在 20 世纪 20 年代到 80 年代，青岛大街小巷的宣传橱窗都举办诗画廊，我们青岛的著名诗人纪宇先生，刘辉考（已故），吕明康等许许多多的朋友都在上面发表文章，现在还有许多健在的朋友在我们新闻网"蹉跎岁月"论坛活动，他们的诗歌始终在震撼着蓝天，激荡着大海，激励着我们的心。

我很喜欢安安诗歌叙事的风格，把一腔激情倾注入文字，"多想再看看当时的你啊！那个天真烂漫的你，那个神采飞扬的你，可是现在，我面前的是一个顾影自怜的你，怎让我不心疼，怎样才能让你的回归。或许，这个冬天再来一场雪，可以给你往日的轻灵，可爱的你！回来好吗……"有人说：诗歌是诗人的血在沸腾。还有人说：诗歌是诗人在呐喊。我说：诗歌是用凝练的语言表达您对事物的抒情！

作者狼烟狂舞用朴素的语言写下了诗歌——《雪是什么颜色》，写得很美，他的语言有海子的影子，我很欣赏这样的诗句："姐，你说今年还会下雪吗？""应该会吧，不，今年一定会的。"她不忍心拒绝弟弟的期望。这样写的诗歌是成功的，我祝贺他的成功，当然还需要多写多练，以增加语言的凝练和含蓄！

"妖精的手指"的一首《你的贺卡寄给了谁》写出了自己雪天的渴望，学生时代每到圣诞节就会互送贺卡，现在呢？年节到了，没有雪，如果有贺卡，也快乐！这样的诗歌很美，值得我们去高声朗诵！"这样就好了，每个人都要幸福的！"

作者 530092999 用问答的形式写下的雪人手法独特，语言通俗，值得提倡，俗话说：诗歌是劳动人民创作的，就要让大家爱读，读懂，也算是一篇佳作！

作者 summerkiki 写下的《你的爱无与伦比》把人生的爱从出生开始到长大写下了对妈妈的爱，爱得赤诚，爱得令人感动！我们都有妈妈，世上只有妈妈好，只有这样通俗的诗句才能真正的令人感动！

"迷路的地图"的《雪的希冀》，诗歌流畅通顺，朗朗上口，像一首思念的歌。

"陌路情缘"的《雪的希冀》用雪写出了自己的心情，值得推敲。

早在 20 世纪六七十年代，青岛就是著名的诗城，我很喜欢看到大家用诗歌写下自己的心情，写下大海，写下祖国的山山水水。也喜欢看到在我们这座诗城涌现出更多的散文家，诗人。在此，让我再次向大家表示祝贺，祝贺大家在本次征文中，在今后的文学创作上取得更大的成就！

我要读书——一个民工子女的呼声

我曾为城里打工的民工写过好多文章和诗歌发表，因为他们在社会上是需要关心和帮助的人。记得在 2002 年，我为公司办公室的电脑升级去青岛市辽宁路电子信息城采购配件，在一家东方电脑公司找到了配件。这个公司位于电子信息城二楼的东南角，大约有 15 平方米，两个桌子，前面有个操作台，用于安装和维修客户的电脑，旁边堆满了电脑配件的箱子。这家老板姓张，四川人，年龄大约 42 岁，他和妻子一起来青岛开了这个两个人上班的公司。由于他的服务态度好，他经销的产品价格比别的公司销售的同类产品都低，因此，我特别喜欢到他这里进货和请教电脑技术问题。时间长了，我们就成了朋友。

同年夏天，我又去他的公司进货，只见屋里除了如山的货物，在桌子前面椅子上坐着 10 岁左右的两个女孩。听张经理讲，"孩子是双胞胎，本来在四川老家跟奶奶，在家乡村里的小学上二年纪，由于奶奶突然去世，家乡又没有别人可以托付，只有让孩子来青岛了。现在，孩子的读书问题是难题了。附近的小学接受学生都要赞助费，每个学生的赞助标准 6000 元，两个就是 12000 元，小店一年也就挣利润一万元，孩子们要吃饭，租房子要房租，怎么让孩子能免费或者少交一点费用呢！您能帮忙吗？"

两个女孩听懂了他爸爸对我讲的话，两双眼睛可怜巴巴地望着我，好像在说："我要读书，叔叔，请帮忙啊！"

教育是立国之本，教育也是强国之道。在青岛打工的外来者没有城市户口，他们的子女受到了就近入学的限制，这是个亟需解决的问题。我们的国家要富强，教育是根本，一个国家的发展后劲，不取决它有多少高楼大厦，只取决于建造高楼大厦人的人，取决于他们所接受的教育！怎么能把这些孩子推在校外呢。但是，我们一介平民，又有什么力量去改变学校定的"潜规则"呢！我是1963年在这个小学毕业的，从小在这个学校旁边的平民大院长大。看来，我去找校长说话也许能比张经理好说些吧，谁让我们成了朋友呢！为了两个孩子，我只有去帮他们闯一次了。

在校长办公室，我以一个本校老毕业生的身份和他进行了对话，校长姓张，年龄也已经50岁多了，看到我的名片，知道我现在在青岛的一家房地产公司担任销售经理，听到我的来意，他很感到为难，说："现在需要转来的学生太多，这里离电子信息城太近，外地来青人员的孩子太多，不加以限制那学校会受不了。"

"那这两个孩子的学业怎么办？孩子不能没有学上啊！"听到我的问话，校长看着我的名片，突然眼睛一亮，说："可以给他帮忙，让他的两个孩子免费入学，但是，您必须帮我们一个忙，好吗?"

我一听，很高兴，急忙说："需要帮忙您就说吧！"

我们达成了一个协议，两个孩子免费上学，我让我们公司的民工来给学校修理学校的几间漏雨的房屋。再加一个条件就是对该校的教师们买我们公司的商品房给予优惠。这样的条件，我还是能保证的，就这样，两个孩子如愿免掉赞助费上了这个学校。

校园的特困学生很多，我在网上看到一篇文章，文章的题目叫"一支恸哭的金色钢笔"。述说的是一个乡村的、上5年级的、矮小瘦弱、怯懦不堪的一个小女孩一直用铅笔写作业，作为老师的"我"，连续5次在女学生的作业本上愤然留言"请用钢笔写字"，而女学生依然一如既往地用铅笔打发"我"布置的作业。面对女生如此"倔犟"的表现，"我"在忍无可忍的情况下，终于在课堂上当众对她进行了点名批评。接下来，女生自然是像老鼠躲猫一样，时时、处处刻意地躲避着"我"。有一天，"我"居然发现了一个秘密：女生的同桌——一位家境十分拮据的男生将自己破旧的钢笔借给女生使用，女生感激的笑容无比灿烂，"我"终于看到她的作业本上出现了与男生一样的笔色。故事的后来是，男生代表学校参加了市里举行的长跑比赛，本应毫无悬念拿第一名的他，却在比赛冲刺的关键时刻，出乎意料地主动放弃了唾手可得的冠军，让众人大惑不解。为此，"我"还大怒痛批了他，他恸哭……其实原因很简单：他只是为了要一支钢笔，给他的同桌，那个矮小、瘦弱、怯懦不堪的小女生——为了让她不再为没有钢笔写作业而烦恼，为了让她不再会因为用铅笔写作业而再受到老师的批评……因为第一名和第二名的奖品都不是钢笔！

读过文章，我感到震撼了，我插队农村的时候当过民办教师，那时每天教满 8 节课，3 个年级。学生是免费教育，而现在的学生上学各种教育收费五花八门。原来学生的书包很轻，现在，小学生的书包也得十几斤。掩卷而思，思绪万千，感慨万端，心情久久不能平静。学校是教书育人的场所，老师不光要传授科学文化知识，还肩负着塑造孩子的思想和品格、培养孩子能力的光荣使命，为国家培育人才。究其根源，由于功利化和不正之风的盛行，使得我们的教育界一样不能幸免，同样被铜臭气所熏染。若不下决心及时修正教育的航向，恐怕未来社会主义的航船很难经受住狂风大浪的考验。

教育是什么？的确值得我们每一个人扪心自问，因为，我们每一个人，既是教育者，又是被教育者。所以，为了我们子孙后代的健康成长，让我们的社会、我们的学校、我们的家庭和我们每一个人，都来对教育多倾注一些心血，多给予一些关怀吧！

记得我在插队当教师期间，我的每月各种津贴是人民币 4 元，这 4 元钱让我们的同龄人，一起插队的知青眼热。那时，教师的地位很低，是"臭老九"。

随着社会的变迁，时代的发展，对教师形象有不同的价值期待和认可，教师形象因社会背景、文化传统、政治经济发展等而异，但作为"人类知识的传递者和人类灵魂的塑造者"，不分中外几乎都是众口一词，教师地位的不断提高，待遇不断改变，反映出社会的进步，反映出社会对知识的正确认识和更加重视。

如霜的蓝月亮